オール・オブ・レギオスI 鋼殻のレギオスワールドガイド

生徒会長挨拶

学園都市ツェルニへようこそ。
ここツェルニでは、
都市の運営から後輩の指導まで、
すべての物事を学生のみの手によって
行っている。
全員がアマチュアであるがゆえの
力不足、そして甘さ。
都市の代表として、私はそのことを否定しない。
しかしそれは、ありとあらゆる事柄が
発展途上であることの裏返しでもある。
永遠に未完成であること。
それこそが、学園都市という
未熟な世界の可能性であると、

…の一片でも
…。

…徒会長
カリアン・ロス

Calian Loss

校舎や学生寮などの建物が立ち並ぶ、ツェルニの風景。都市内には農場や牧場などの施設もある

充実した環境の学び舎
学園都市ツェルニ

ここ学園都市ツェルニでは、およそ6万人の学生たちが日日学業に励んでいます。本学園には多彩な学科があり、卒業までの6年間にじっくりと自分に合った進路を見つけることができます。

生徒たちが勉学に集中できるよう、周辺環境も整備。また学業だけでなく、アルバイトなどを通して都市の運営に参加することで、卒業後の社会生活に役立つ知識や技術が身につきます。

何より、共に学ぶ仲間たちとの出会いが、学園生活をより豊かなものにしてくれます。さあ、皆さんも私たちの都市で共に学びましょう。

学園都市ツェルニへ
ようこそ！
学生の、学生による、学生のための都市——
このツェルニも、そんな学園都市のひとつ。
若さにあふれた、ツェルニの魅力をご紹介します。

頼れる仲間がいっぱい！

輝ける青春時代を たくさんの仲間と共に

本学園には、汚染物質の霧を越え、毎年多くの生徒たちがさまざまな都市から入学してきます。異なる環境で育った、異なる考え方を持つ友人たちとのふれあいは、あなたを人として大きく成長させることでしょう。その経験は、卒業後、社会生活を送る上できっと役に立つはずです。6年という非常に短い期間

学科を越えたクラス編成によって、個性豊かな多数の生徒たちと自然に交流が深まる
互いに固い絆で結ばれた友人たち。悩める青春時代、心おきなく胸の内を語り合える相手は貴重な財産だ
ではありますが、心許しあえる仲間たちと過ごす学生時代は、かけがえのない日々として、皆さんの心に深く刻まれることでしょう。
苦しいときに気遣ってくれる仲間がいる喜び。逆境から立ち上がれるのも、信頼できる仲間がいてこそ

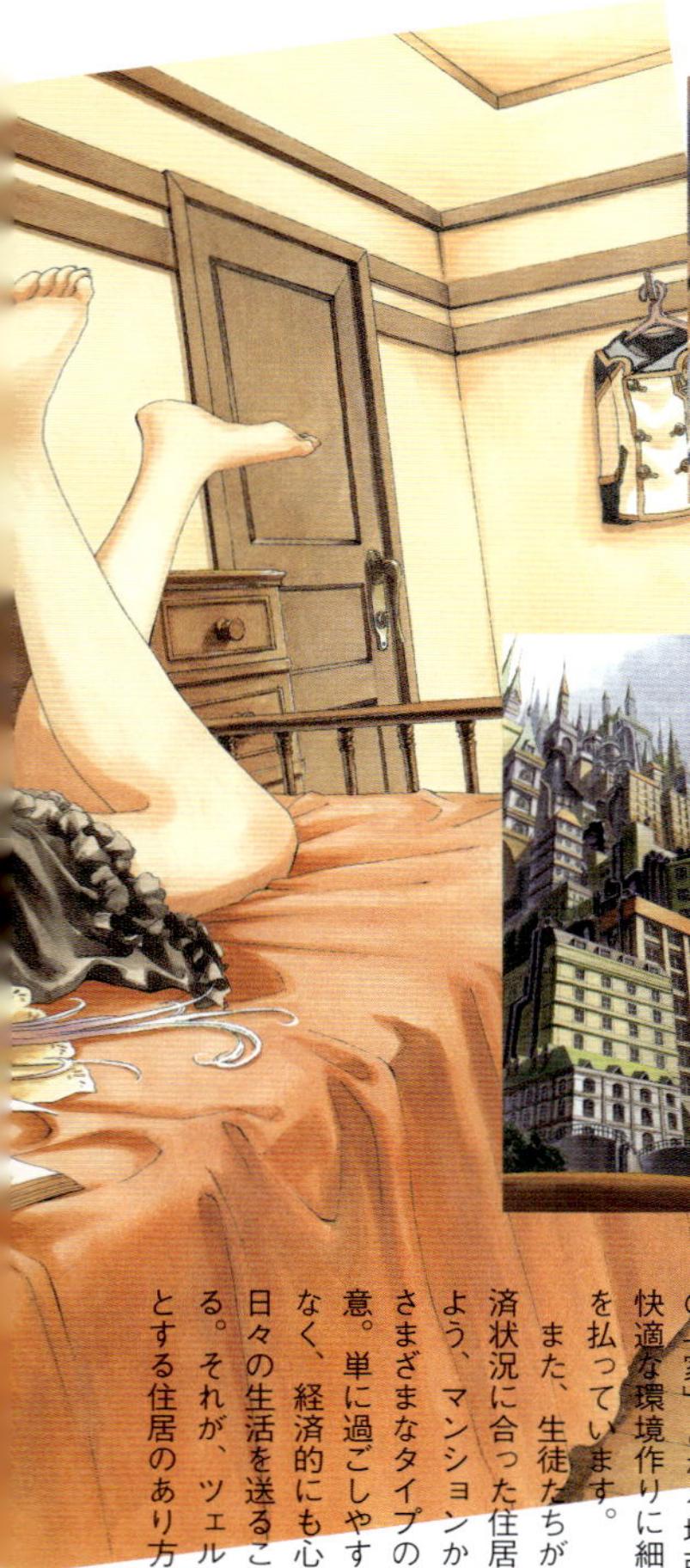

とある学生寮の内観。武芸者の運動能力を考慮し、強度にも配慮

ツェルニの近景。居住区は都市の各所にあり、自分に合った生活環境を選択できる

快適な住環境を整備し心休まる空間を提供

学生たるもの、学業が本分。本学園では、学生たちが集中して勉学に取り組めるよう、学校環境の整備に力を入れています。とりわけ住居は、遠く生まれた都市を離れてこの都市へとやってきた生徒たちの「家」となる場所だけに、快適な環境作りに細心の注意を払っています。

　また、生徒たちが自分の経済状況に合った住居を選べるよう、マンションから寮まで、さまざまなタイプの住居を用意。単に過ごしやすいだけでなく、経済的にも心おきなく日々の生活を送ることができる。それが、ツェルニの理想とする住居のあり方です。

整った住環境！

マンション風の寮の一室。のびのびと過ごせるよう十分な広さを確保。内装はシックに統一

都市警察の仕事風景。学園都市といえど、その役割の重要性は通常都市と変わらない

講義では学べない「働くこと」を学ぶ

学生たちが卒業後、スムーズに移動都市社会に参加できるよう、ツェルニでは学生が労働という形で都市の運営に関わることを積極的に推進しています。会社を設立することもでき、やる気のある生徒は、他都市の企業を相手に、自分の可能性を試すことができます。逆に進路に悩んでいる生徒は、まずアルバイトから始めてみるのも良いでしょう。

学園都市ということで、警察ですら学生のみによって組織されているのが大きな特徴。学生のうちから責任ある立場に立つことで、ひと足早く社会人としての自覚や態度が身につきます。

接客業の基本、飲食店でのアルバイト。この店では店員の制服の華やかさを売りに、人気を伸ばしている

都市機関部の清掃。楽な仕事ではないが、レギオスの神秘を体感するにはこれ以上ない職場

労働の素晴らしさを学ぼう！

楽しいイベント盛りだくさん！
毎年行われるミスツェルニコンテスト。これをきっかけに歌手や俳優デビューする者も
CON
1
2
MISS ZUELLNI CONTEST

勉強やバイトの合間に各種の催しで息抜きを

学園がいくら学業に励むための場所とはいっても、来る日も来る日も勉強では、身につくものも身につきません。時には息抜きも必要です。生徒たちが充実した学生生活を送れるよう、ツェルニではたくさんのイベントや娯楽を用意しています。

例を挙げれば、毎年恒例のミスコンテストに、商業科によるバンアレン・デイのイベント。さらに都市が夏季帯に入ると、養殖湖が開放され、水泳やウォーターガンズを楽しめるようになります。同世代の友人たちと過ごす休日は、日々の勉強に疲れた心と身体にとって、これ以上ないほどのリフレッシュとなることでしょう。

バンアレン・デイの時期には、女子生徒たちがこぞってお菓子作りに精を出す

夏季帯に入って開放された養殖湖の風景。平均気温が高くなると、長期休暇になることも

友人たちとの切磋琢磨！

武芸科小隊の訓練風景。錬金鋼の使い方から集団戦における戦術まで、戦いのいろはをじっくりと学べる

時にはこんな切磋琢磨も。異性をめぐって友人と争うのも、学生時代においては貴重な経験

「都市を守る」という大きな目的を背負った武芸者たち。学生のうちに、その心構えを学んでおきたい

時に仲間、時に強敵
それが友人という存在

学園で共に学ぶ友人たちは、頼れる仲間であると同時に、互いを磨くライバルでもあります。明確な目標を持たないまま、ただひとりで自分を高めることのできる人間はなかなかいません。隣に立つ仲間を参考に、欠点を改善し、長所を伸ばすことで、理想の自分に近づくことができます。友人たちもきっと、喜んであなたが成長する手助けをしてくれることでしょう。

　とりわけ武芸者を志す生徒にとっては、実際に錬金鋼《ダイト》を交わしてぶつかり合える相手の存在は貴重なもの。実戦形式の訓練によって、飛躍的に実力が向上していきます。

素敵な出会いもあるかも!?

上級生ともなれば、ちょっと大人な雰囲気の恋愛が似合うことも。ただし、学生としてくれぐれも節度は保つこと

積極的なアプローチで悔いのない青春を！

　学園都市で待っているのは、共に学ぶ仲間たちとの出会いだけではありません。閉鎖された移動都市社会の中で、これだけ多くの同年代の男女がひとところに集まるというのは、実は非常に貴重なこと。もしかすると、故郷の都市にはなかった素敵な出会いが、あなたを待っているかもしれません。

　学校生活や各種のイベント、休日やアルバイト先など、出会いの機会はさまざまなところにあります。自分から積極的に行動することが、理想の出会いへの第一歩。あなたの人生を変えるような、運命の相手に出会えるかも。

一緒に昼食をとるというささやかな恋愛模様。こんな甘酸っぱい経験ができるのも学生時代ならでは

憧れのあの子と急接近。
お互いの合意があれば、
学生のうちに結婚する
ことも可能

オール・オブ・レギオスI
鋼殻のレギオスワールドガイド

CONTENTS

デザイン: 中川まり(SINN graphic)
DTP: ㈱明昌堂
編集協力: マイストリート
(高見澤秀・佐野恵・佐竹寛)

オール・オブ・レギオスⅠ
鋼殻のレギオスワールドガイド

ファンタジア文庫編集部：編
雨木シュウスケ：原作

ファンタジア文庫

1525

ツェルニの仲間たち

最強のルーキー・レイフォン、
若き小隊長・ニーナ、
ミスコン1位・フェリetc…
共に学生生活を過ごす
ツェルニの仲間たち、
ここに集合!

文:極楽トンボ、平和

僕の人生は一度失敗しています。
でも二度まで失敗するつもりは
ありません

Layfon

戦い以外には超鈍感な元天剣授受者

レイフォン

PERSONAL DATA

正式名 レイフォン・アルセイフ

出身地 槍殻《そうかく》都《と》市《し》グレンダン

所　属 武芸科1年生／第十七小隊所属

備　考 元天剣。当時の称号はヴォルフシュテイン

戦いでは他を圧倒する強さを持つ。かなりモテるが超がつく鈍感なので好意に全然気がつかない。また不器用な性格の上に積極性がなく、押されると非常に弱い。

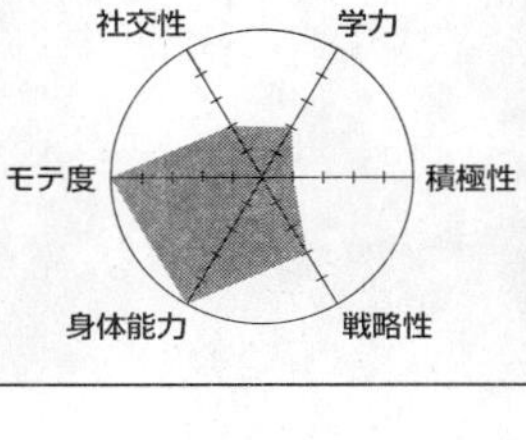

「普通」に埋没できず苦悩する天才

武芸者をやめ、別の生き方を見つけるために学園都市ツェルニの一般教養科に入学してきたレイフォン。しかし彼の過去の経歴を知る生徒会長のカリアンから、入学するなり武芸科への転科を強要されてしまう。さらに、入学式で武芸科の生徒同士の揉《も》め事を一瞬にして止めたことが第十七小隊隊長のニーナの目に留まり、彼女からのスカウトを受けて小隊へ加入。その際に助けた生徒がたまたまメイシェンだったことから、メイシェン、ナルキ、ミィフィの三人組とも仲良くなる。

当初は武芸を捨てることばかり考えており、実力を隠していたが、真っ直ぐな気性のニーナに少しずつ感化されていく。それでも戦いに対しては後ろ向きのままだったが、ツェルニが汚染獣《おせんじゅう》に襲われ危機に陥《おちい》ったとき、どこまでも戦う意思を曲げないニーナを見て、友達になったメイシェンたちのためにもツェルニを守りたいと決意。隠していた実力を発揮し、たったひとりで汚染獣を倒してみせる。

それ以降、本気を出さないまでも試合や練習に身を入れて取り組み、ニーナをはじめほかの隊員の訓練の面倒を見るようになる。例えばニーナが現在得意とする防御技・金剛剄《こんごうけい》はレイフォンからの直伝である。

⚜過去――大きな挫折を経験

実はレイフォンは、汚染獣との戦いをどこよりも経験している槍殻都市《そうかくとし》グレンダンで、天剣授受者と呼ばれる12人の最強の武芸者のひとりに選ばれた少年だった。誰よりも畏怖《いふ》を集める存在だったが、都市中の孤児《こじ》を助けるために大金を得ようと賭博《とばく》試合に関与。その結果、天剣授受者の資格を剥奪され、追放処分を受けて学園都市ツェルニにやってきた。

もともと彼は戦いそのものに意義を見出しているわけではなく、孤児院のために効率的にお金を稼ごうとした結果、天剣になったに過ぎない。賭博が発覚した際に、助けていたはずの孤児たちからも非難されたことで、自分の目的を見失う。圧倒的な強さを持ちながら、戦いに対してやる気が見られないのはこのため。

武芸者としては非常に器用で、たとえほかの天剣の技であっても、一度見ただけでたいていの剄技《けんぎ》はコピーしてしまう。レイフォンの天剣としての神髄《しんずい》は、この器用さにあるといっても過言ではない。レイフォンが多用する鋼糸《こうし》は天剣であるリンテンスの、前述の金剛剄は天剣のリヴァースが使う技をコピーしたもの。

また、本来は刀の使い手だが、賭博試合に関わることによって、師であったデルクから伝授されたサイハーデンの技を継ぐ資格がなくなったと考え、あえて刀を封印して剣を使用している。

⚜現在――徐々に前向きに

以上のような理由から、「武芸者としての生き方には失敗した」と思っているため、戦いに意義を見出せないでいる。武芸者としては自分より段違いに弱いニーナが、「武芸で人を守る」という自分の意志を迷いなく貫く生き方を見て、少しずつ何かを学んでいる状態である。また、レイフォン個人が強すぎて、集団戦や戦略を立てることは苦手なので、そうした面でもニーナに依存する傾向がある。ただ、それを恋愛関係と見ていいのかはやや微妙なところで、関係性としては姉弟に近いのかもしれない。

武芸に関わる言動では時として傲慢に見えることもあるが、武芸者として己の力量を正確に把握《はあく》し、事実を指摘しているにすぎない。また自分自身を軽く考える傾向があり、他人に優しく自分に厳しい。日常生活では我を主張することがほとんどないので、幼なじみのリーリンやミィフィなど押しの強い人間にはひたすら弱く、一見するとヘタレに感じる。

住居は寮《りょう》の2人部屋にひとり住まい。武芸科への転科にともなって学費免除《めんじょ》となったため、お金には困っていないはずだが、あえてきついが賃金の高い都市の機関掃除のアルバイトをしている。料理など基本生活能力は孤児院時代に習得済。

ONESHOT COLUMN

汚染獣との戦いよりも前途多難!?
ツェルニ最強の鈍感男、レイフォンの恋模様

戦いにおいては微妙な気配を察し、無類の強さを誇るレイフォンも、恋愛方面に関しては相当な鈍感。ニーナ、フェリ、メイシェン、リーリンと、タイプの違う４人もの美少女からアプローチを受けているというのに、まったく気がつく様子がない。不器用な性格のうえに、グレンダンの失敗が尾を引いているのか積極性に欠けるので、この無気力鈍感少年を恋愛方面で攻略するのは至難の業である。

今のところ、グレンダンからはるばるやってきた幼なじみのリーリンが頭ひとつ抜きん出ている。レイフォンの好みを完璧に把握し、料理などの生活スキルも超一流、レイフォンも見るからにリーリンには頭が上がらない様子、と来れば、周りの女性陣は穏やかではいられない。

内気で大人しいメイシェンは、レイフォンに毎日お弁当を渡したりたびたびクッキーを焼くなどしてがんばっているが、どこまで通じているものか。望まぬ生き方を強いられているという共感から近づいたフェリも相当レイフォンに夢中で、肩車などなにげに積極的なアプローチもとっているが、やはり苦戦中。ニーナの場合、明らかにレイフォンが依存しているのがわかるが、恋愛と呼べるかとなると怪しいうえ、本人が堅すぎて進展がない。こうした状況を打破できれば、逆転の余地は十分にあるが、はたして……。

ツェルニ最強の武芸者も、こと恋愛の話になるととたんに最弱レベルに？

どこまでも己の意志を押し通す愚直な武芸者

ニーナ

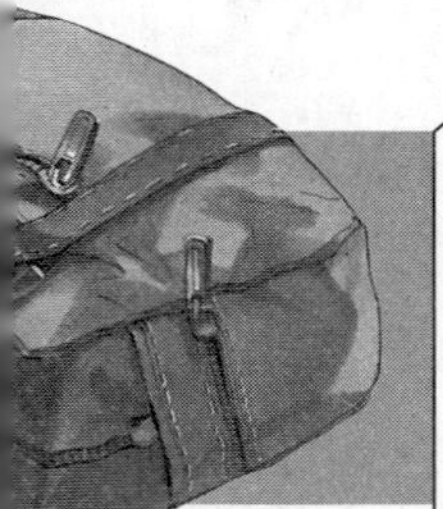

PERSONAL DATA

正式名　ニーナ・アントーク

出身地　仙鶯《せんおう》都《と》市《し》シュナイバル

所　属　武芸科3年生／第十七小隊隊長

レイフォンに隠れているものの身体能力は高い。何事にも生真面目で一度決めたら決して揺るがない。性格、口調などが中性的で女らしさにはやや欠ける。

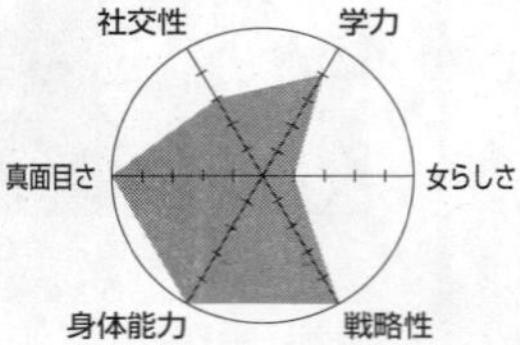

わたしたちは仲間なんだ。
だから全員で強くなろう

本当はお嬢様？

金髪にショートカット、そして意志の強さを示す鋭い瞳と太い眉《まゆ》を持つ。仙鶯《せんおう》都市シュナイバルの出身。武芸の名門アントーク家に生まれ、幼いころから武芸の英才教育を受けてきたが、外の世界を見るため、父親の反対を押し切って家出同然の形でツェルニへ入学した。同じ第十七小隊のハーレイとは幼なじみで、自分自身とその錬金鋼《ダイト》の特性を最もよく知る人間として信頼している。

名門の出に恥じず身体能力は高く、1年生で第十四小隊に入隊するが、電子精霊ツェルニと出会ったことで、自分の手で都市を守りたいという思いを抱くようになる。自身の理想を形にするため、ニーナは第十四小隊を脱退、第十七小隊を結成。しかし、下級生が隊長ということで隊員集めに苦戦、長らく人数不足の状態が続いていた。そんな中、入学早々武芸科の生徒の喧嘩《けんか》を収めたレイフォンに目をつけ、スカウトしたことで、ようやく第十七小隊が正式に発足する。

当初はやる気と協調性に欠けた隊員ばかりの第十七小隊だったが、レイフォンを小隊に迎えたことが転機となって、大きく変わっていくことになる。

隊長の華麗な？日常

基本的にはとにかく訓練漬けの毎日を送っているニーナ。だが、第十七小隊のメンバーはひねくれ者が多く、きちんと訓練に参加させるのにはかなり苦労している。また、実家の反対を押し切ってツエルニに来たため、生活費と学費の工面に苦労していて、レイフォンと一緒に賃金の高い機関掃除のバイトをしている。

　ツェルニでは低家賃の寮に居住（ちなみに、のちに同じ寮にリーリンが入居している）。実家ではお嬢様だったためか、一切料理はできない。生真面目なうえ武芸に明け暮れ、そのうえ隊長職を務めているせいか、普段はおよそ女性らしさというものに欠けている。その代わり、彼女の凛々《りり》しい姿にあこがれる女生徒は少なくなく、バンアレン・デイには多くの女生徒からお菓子をもらっていた。

　一方で、幼いころ大祖父からもらって以来ずっと大事にしている、黒白熊のぬいぐるみのミーテッシャと一緒でないと眠れないという、かわいい一面も。ちなみにそのぬいぐるみをぼろぼろにされたトラウマから、フェレットが大の苦手。

レイフォンと二人三脚

　当初、新入隊員であるレイフォンにあれこれ指導していたが、のちに彼が本当の実力を隠していたことを知る。武芸は人を守るものという固い信念を持っているニーナは、彼が能力を生かさないことに歯がゆさを感じている。

　非常に頑固《がんこ》でこうと思ったことは決して曲げず、責任感も強い。武芸者として

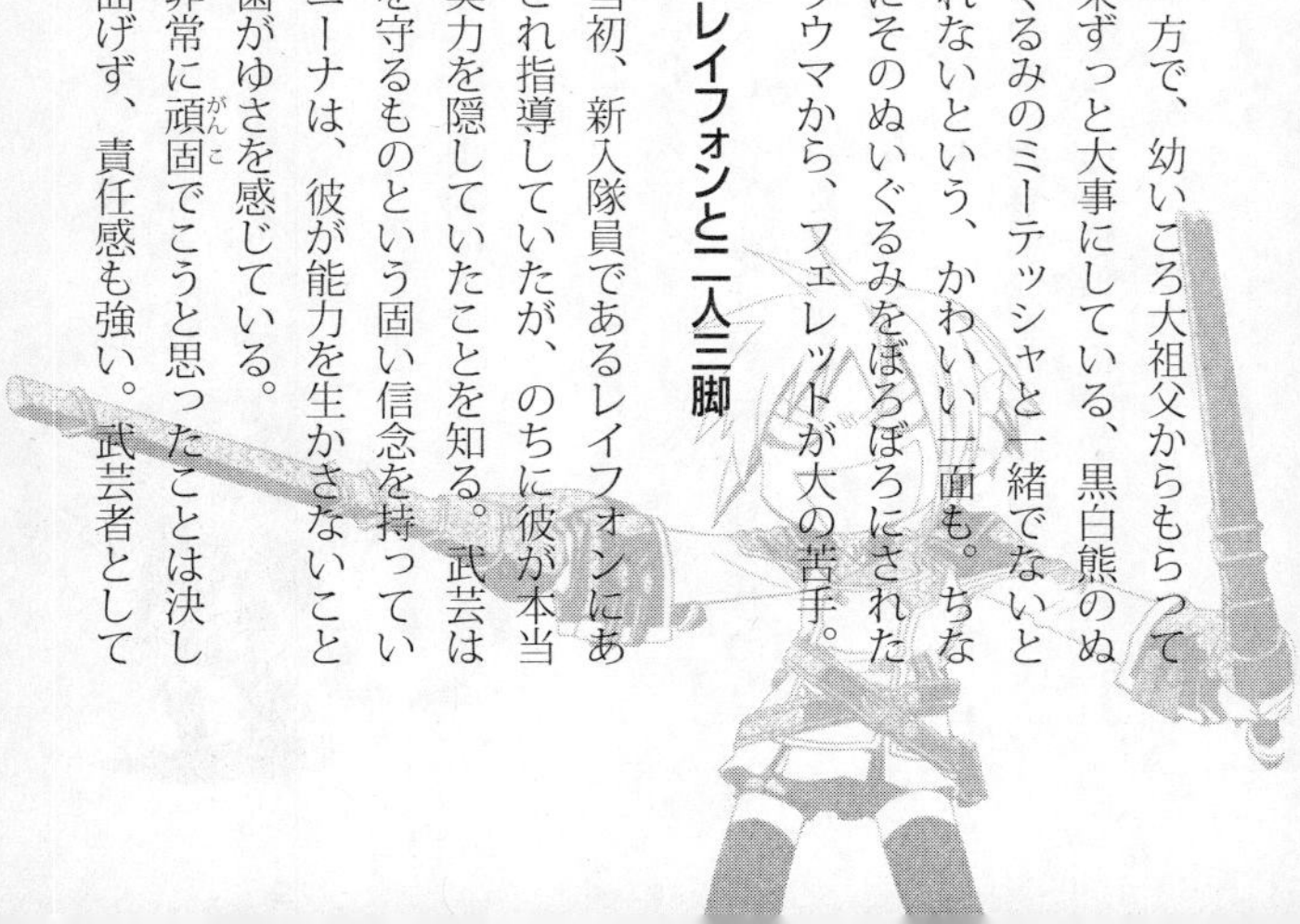

は決して能力が低いわけではないのだが、少々思い詰めすぎるきらいがある。レイフォンとの戦闘力の差に無力感を覚えた結果、過度な個人訓練を行い、剄《けい》を消耗《しょうもう》して倒れたことも。回復した後は、レイフォンから個人的に訓練を受け、金《こん》剛剄《ごうけい》や雷迅《らいじん》などいくつかの剄技を教わっている。特に防御技の金剛剄は、今ではニーナの生命線と言っても過言ではない。

　黒鋼錬金鋼《クロムダイト》の鉄鞭《てつべん》を2本同時に操る双鉄鞭の使い手で、一撃一撃が重い。戦闘力はレイフォン頼みだが、逆に精神面では、どんな逆境にも揺るがぬ彼女の信念に圧倒されたレイフォンの心の支えになっている。また、強すぎて集団での戦いに向かないレイフォンを動かす司令塔にもなっているため、レイフォンのニーナに対する依存度はかなり深い。カリアンはこの依存関係を好ましく思っておらず、実際に本人とニーナに指摘しているが、今のところレイフォンの自立にまでは至っていないようである。

　こうしたレイフォンとのやりとりの中、ニーナは徐々に彼に惹《ひ》かれ、今では「いつからレイフォンに『隊長』としか呼ばれなくなったのか」と気にかけるほど、明確に恋愛感情を意識しつつある。もっとも、その感情に正面から向き合うまでには至っていない。

電子精霊との親和、そして狼面衆《ろうめんしゅう》

過去に電子精霊シュナイバルに助けられ、特殊な資質を得ているからか、それとも都市を守ろうとする純粋な意思に惹《ひ》かれるのか、電子精霊ツェルニになつかれているニーナ。さらに物語途中では、黄金の雄山羊《おやぎ》の姿をした廃貴族《はいきぞく》に憑依《ひょうい》される。レイフォンとの力の差による無力感という心の闇を突かれ、一時は体を乗っ取られたが、その暴走はディクセリオ・マスケインによって止められている。

廃貴族絡《がら》みの一連の経緯は物語の根幹に関わり、前史「レジェンド・オブ・レギオス」と併《あわ》せて読んでも、いまだ数多くの謎が残されている。

ONESHOT COLUMN

平常時ではまず着ない、ピンクのフリフリ衣装を身につけた幼児化中のニーナ

隊長の意外な素顔!?
乙女としてのニーナに迫る!

男勝りという言葉の似合うニーナにも、人並みに乙女な一面もある。下着泥棒の一件（「ラン・ジェリー・ラン」）では、フェリ、ナルキら（胸周りでの）同志と共に怒りを爆発させた。また、薬で精神が幼児化した際（「ザ・インパクト・オブ・チャイルドフット02」）には、普段とのギャップと相まって妙な色気をかもし出していた。

優れた才能を持つがゆえに歩む道に迷う念威繰者《ねんいそうしゃ》

フェリ

PERSONAL DATA

正式名 **フェリ・ロス**

出身地 流易都市《りゅうえきとし》サントブルグ

所　属 武芸科2年生／第十七小隊所属

備　考 カリアン・ロスの妹

念威繰者は記憶力に優れるため、学力は極めて優秀。また念威の才能も非常に高いものを持っている。弱点は料理。

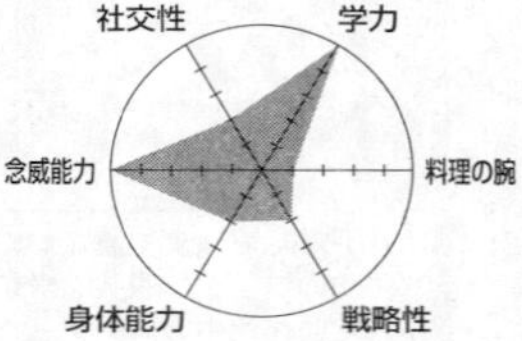

上手にエスコートするのが
一流の紳士だそうですよ

⚜念威繰者としての才能

武芸科の2年生で、第十七小隊に所属する念威繰者《ねんいそうしゃ》。両親は武芸者ではなかったのだが、フェリは念威を扱う才能を持って生まれ、幼いころから念威繰者となるべくして育てられた。物心ついたときには自分の進むべき道が定まっていることに疑問を覚え、ほかの道を模索《もさく》するためにツェルニへ入学する。最初は一般教養科での入学だったが、ツェルニを守るためには彼女の念威の力が必要だと判断した兄のカリアンによって、武芸科への転科を余儀なくされた。

彼女が持つ念威の量は、一般的な念威繰者と比べてはるかに多く、錬金鋼《ダイト》を使わないで念威を放出した場合は髪が反応して発光することもある。特に幼少時には念威の制御が弱まるときがあり、意識していないのに念威を垂れ流しにすることがあった。優れた才能を持って生まれるのが幸せとは限らないのかもしれない。

⚜支援役としての念威繰者

戦闘時のフェリの役割は、主に念威を使った索敵《さくてき》や通信の補助である。第十七小隊の隊員としての対抗戦に参加しているときは本気を出すことが少ないため、あまり目立った活躍はない。しかし、都市を襲う汚染獣《おせんじゅう》との戦いになると、その能力を充分に発揮することになる。

念威繰者は念威端子《ねんいたんし》を都市の外まで飛

ばすことができるため、外敵の察知という重要な役割を担うことになる。特に、レイフォンが都市から遠く離れた地域に存在する汚染獣へ戦いを挑むときには、通信や視界補助で支援を行うことが多い。ツェルニを襲撃した汚染獣の幼生体をレイフォンが鋼糸《こうし》で殲滅《せんめつ》できたのも、彼女のサポートがあってこそのものだったと言えるだろう。

無数の念威端子を一度に操り、広範囲をカバーするなど、人並み外れた念威の才能を持つ

レイフォンとの出会い

レイフォンと出会う前のフェリは、指示された事柄には従うものの、まるでやる気を見せていなかった。望まないのに小隊員にまでなってしまったのだから当然といえるが、そうすることで問題を先延ばしにしている自分に対しても不満を感じていた。

レイフォンと初めて出会った際には、似た境遇に共感を覚えていたが、求められるまま力を振るう彼に失望したことも。しかし、ツェルニでの生活に馴染んだレイフォンの心境が変わっていくにつれ、フェリも影響を受け、次第に自分の能力を使用することへの抵抗が薄れつつ

ハイアに捕らわれた際には、自分が足を引っ張っていることへの悔しさを見せた

ある。念威繰者以外の道を諦めたわけではなく、自分の将来について答えを出すには至っていないが、ひとまず現状と向き合う心構えができつつあるようだ。

たまにはお茶目な面も

念威繰者以外の道を模索するため、たまに意外な行動をとるのもフェリの特徴といえる。料理に挑戦してみたものの無残な結果に終わってしまったり、アルバイトを始めようとしてウェイトレスの仕事を経験したこともある。レイフォンがクラスメイトの三人娘から愛称で呼ばれていることを知ったとき、対抗してお互いの愛称を考案するなどのかわいらしい一面もある。

フェリの恋の行方は？

フェリにとって、レイフォンは「武芸者以外の道を生きてみたい」という自分の思いを知り、それを応援してくれた、家族以外で唯一の人間。彼を特別に思う気持ちは、今では明確な恋心となって、フェリの中に息づいている。

そんなフェリの目下の悩みは恋敵《こいがたき》の多

さ。家事の得意なメイシェン、共に武芸者として戦うニーナ、そしてグレンダンからレイフォンに会うためやってきたリーリン。それぞれフェリにはないものを持っており、自分と比較して悩むことも多い。レイフォンに好意を持っている自分には気づいているが、ほかの女性の存在が気になってしまい、積極的なアプローチをできないでいる。フェリの場合、自身の感情について客観視することはできても、そこからどう行動するかを迷っている様子がよく見られる。

たまにいいムードになったとしても、肝心《かんじん》のレイフォンが持ち前の鈍感さからスルーしてしまうのだから、フェリでなくとも「まったく！」と言いたくなる。自分の将来に恋にと、フェリの悩みはまだまだ続きそうだ。

ウェイトレス姿のフェリ。いつもの無表情さと華やかな衣装とのギャップがまぶしい

レイフォンの過去に悩むメイシェンに助言。しかし、フェリ自身も悩みは尽きない

第十七小隊のムードメーカーにして有能な狙撃手《そげきしゅ》

シャーニッド

PERSONAL DATA

正式名 シャーニッド・エリプトン

出身地 不明

所　属 武芸科4年生／第十七小隊所属

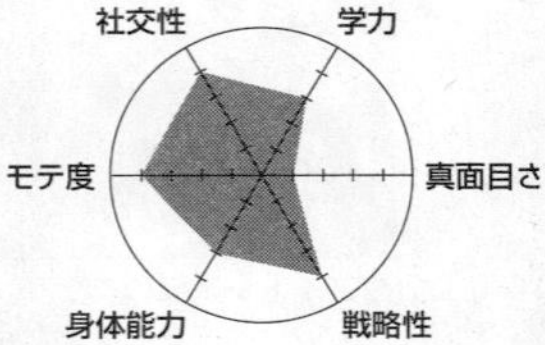

能力が低いわけではないため、戦闘や学業、私生活全般をそつなくこなす。しかし真面目さが足りないせいでニーナやダルシェナに怒られることもしばしば。

Sharnid

第十七小隊の火力支援役

第十七小隊所属の武芸者で、小隊の貴重なムードメーカー役。以前は第十小隊に所属していたのだが、わけあって脱退し、第十七小隊へと加入した。軽金錬金鋼《リチウムダイト》のライフルを主に使用し、戦闘では遠距離からの火力支援で小隊員をサポートする。気配を消す殺剄《さっけい》や、内力系活剄《ないりきけいかっけい》による視力強化も得意としており、狙撃手としての実力は確か。近距離戦は苦手なように思えるが、実は銃を使った格闘術である〝銃衝術〟も習得しており、遠近両方の局面に対応できる。

軽いノリに隠された素顔

授業をさぼったり訓練をすっぽかしてデートに行くなど、やる気があるとは思えない行動をとることもあるが、ここぞというときには他の小隊員をフォローするようなこまやかな気配りも見せる。真面目さが災いして悩むことが多いニーナやレイフォンに対しては、先輩らしく柔軟な思考で助言を与えることも。

普段はただの女好きのように見せかけているが、内心ではダルシェナのことを想っている。とある事件の渦中にいた彼女を心配して密かに見守っていたこともあり、一途な面もある。ダルシェナ本人に対してはデートに誘ったりといったアプローチを繰り返しているのだが、素っ気なくあしらわれている。

⚜輝いていた第十小隊での日々

1年生で知り合って以来、何物にも代えがたい友人となったシャーニッドとディン、そしてダルシェナ。そんな3人に目をかけたのが、先代の第十小隊隊長だった。武芸大会で敗北を経験し、失意のうちにツェルニを卒業した彼女のためにも、3人は共にツェルニを守ろうと誓い合う。

彼らの得意戦術は、ディンとシャーニッドが背後から援護し、ダルシェナが戦線を突破するというもの。その連携は周囲の評価も高く、ツェルニ最強である第一小隊に迫るものだと期待されていたほどだった。

そうした関係はしかし、複数の片思いが生み出した、不安定なものだった。ディンは先代の隊長を思っており、ダルシェナはディンを、シャーニッドはダルシェナを見ていたのだ。この関係に限界を感じ、小隊を脱退したシャーニッドによって、３人の日々は終わりを迎えることとなった。

のちに違法酒の事件や、廃貴族《はいきぞく》に関わる事件によって、中途半端に壊れかけていた関係は完全に壊れてしまう。３人の結末は幸せなものではなかったが、ツェルニを守ろうという思いはシャーニッドやダルシェナ、そして第十七小隊の隊員たちに引き継がれている。

３人が一緒だったころの様子。あの日々は戻らないが、思いは受け継がれている

ONESHOT COLUMN

かつて共に戦った仲間 第十小隊隊長、ディン・ディー

ディンにとってシャーニッドが小隊を抜けたことはとても許せるものではなかった

かつてシャーニッドと共に戦ったディン。すでに都市を去った先代の小隊長に好意を抱いていたため、彼女の願いでもあったツェルニを守るという思いは強かった。しかし、自身の武芸者としての能力に限界を感じており、それがきっかけとなって、違法酒の事件と、廃貴族に関わる争いに巻き込まれることとなってしまった。

第十七小隊の錬金鋼《ダイト》整備担当

ハーレイ

PERSONAL DATA

正式名 ハーレイ・サットン

出身地 仙鶯都市《せんおうとし》シュナイバル

所　属 錬金科3年生／第十七小隊所属

備　考 ニーナとは幼なじみ

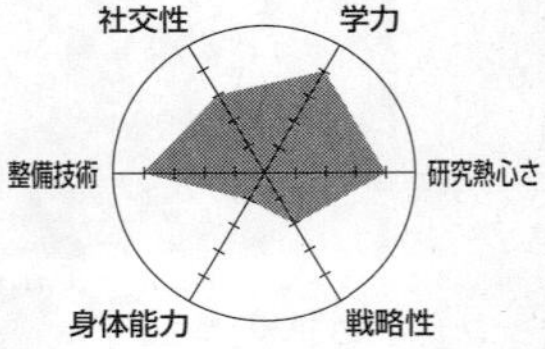

表立って戦う立場ではないためやや目立たないが、錬金鋼の調整や新素材の開発で小隊員たちをサポートしている。念威繰者には及ばないが学力も小隊ではトップクラス。

Harley

腕のいい錬金鋼の技師

第十七小隊全員の錬金鋼《ダイト》の整備・調整を受け持っている錬金科《れんきんか》の生徒。実家は錬金鋼の整備を生業《なりわい》としており、父親はシュナイバルでも有名な錬金鋼技師だった。このため武芸者の家系であるニーナの実家へ出入りする機会があり、幼少時からニーナとも付き合いがあった。

ニーナの錬金鋼は、ツェルニへ来る以前からハーレイが整備を行っている。常に最適の調整をするハーレイが側にいたため、ニーナは自身の武器の調整具合について不満を持った経験がほぼ皆無で

使う使わないはともかく、それはレイフォン専用なんだよ。持ち主の手にちゃんとあるべきだ

ある。

⚜ニーナと共にツェルニへ

ニーナが家出同然にシュナイバルを出ようとした際、当初は見送るつもりだったが、最終的には共にツェルニへと旅立つことになった。道中の放浪バスでは滅んだ都市を目の当たりにしており、汚染《おせん》獣《じゅう》の脅威にも触れている。このときの経験から都市での生活がとても貴重なものであることを実感し、ツェルニを守ろうとするニーナをサポートし続けている。

のちにニーナとの関係をフェリに訊ねられたときには「家族や親戚のようなものであり、恋愛感情のようなものとは違う」と答えていた。

ちなみに幼少時のニーナは現在よりも気難しく、知り合ってから打ち解けるまでにはかなりの時間を要したらしい。

⚜ 武器の調整と新素材の研究

第十七小隊の専属技師といえるハーレイだが、本来希望している専門分野は武器の調整。使用者に合った専用のセッティングを行うことを喜びとしている。そのため初めてレイフォンの武器を用意したときも手を抜く様子はまったく見られず、最適な武器を用意できるよう熱心に作業を行っていた。

本当は練金鋼の調整分野で研究をしたいと考えているのだが、その分野では単独で研究室を借りる許可が得られにくいようだ。そこでキリクら同じ錬金科の生徒ふたりと共同での研究を申請し、研究室の使用許可を得ている。

この共同研究の一環として、小隊の武器調整を担当するだけでなく、新素材の開発も行っている。特にキリクと共に開発した複合練金鋼《アダマンダイト》や簡易型複合練金鋼《シムアダマンダイト》は、複数の練金鋼の特徴を併せ持つという、これまでにない画期的な特性を持っており、汚染獣との戦いにおいてレイフォンの危機を何度も救っている。

レイフォンの武器を調整するハーレイ。レイフォンが使う鋼糸の設定を行ったのも彼だ

ONESHOT COLUMN

職人肌の共同研究者 キリク・セロン

アイスを食べて糖分補給と思いきや、すぐに熱心な議論を始めてしまったふたり

ハーレイと同じ研究室に所属する研究者。足が不自由で車椅子を使用している。性格は気難しく、口の悪さもかなりのもの。もとは武芸者だったのだが事故により剄脈に機能障害が起こってしまい、半身不随に近い状態となってしまった。表に出すことはまれだが、自分の作品が役に立つよう情熱を注いで開発を行っている。

曲がったことが嫌いな都市警察の一員

ナルキ

PERSONAL DATA

正式名 ナルキ・ゲルニ
出身地 交通都市ヨルテム
所 属 武芸科1年生／第十七小隊所属
備 考 メイシェン、ミィフィとは幼なじみ

ツェルニに来て日が浅いため、戦闘能力では先輩たちに一歩譲る。しかし捕り縄を使った捕縛術を持ち、ゴルネオに化錬剄を習うなどして、日々能力を高めている。

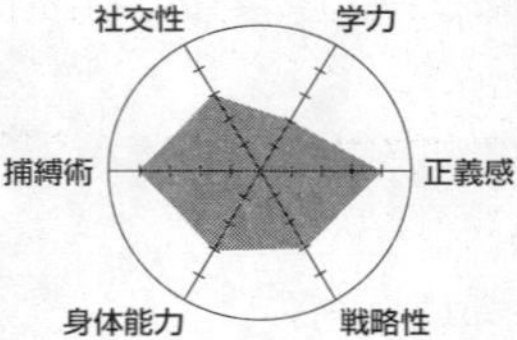

警察官を目指す正義感の塊

レイフォンのクラスメイト三人娘のひとりで、メイシェン、ミィフィとは幼なじみ。赤い髪で長身、かわいいというより格好いい。喧嘩《けんか》は昔から強かったが、正義感も人一倍強く、3人の中ではミィフィの暴走を止めたり、内気なメイシェンの背中を押すなど、面倒を見る側に回ることが多い。

もともと武芸者の家系に生まれ、当然のように武芸者になるべく育ってきた。しかし、自らの都市を守るために、都市対抗戦と称した実質的な戦争で相手都市

あたしはやっぱり警察官になりたいんだ

を撃退するやり方に納得できないものを感じ始める。そのまま武芸者としてやっていくのは危険だという両親からの勧《すす》めを受け、ツェルニに留学の形でやってきた。現在では、正義を守る警察官になることを目標としている。そのため、入学直後から都市警察に所属している。

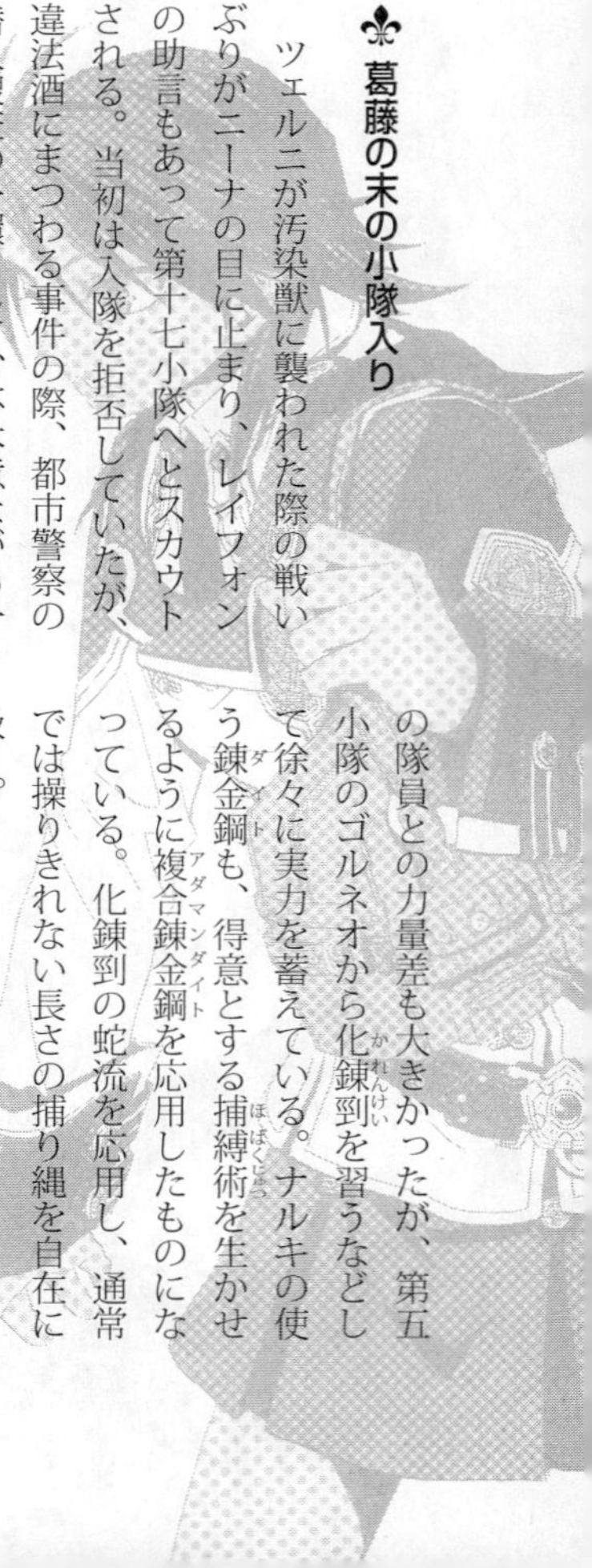

葛藤の末の小隊入り

ツェルニが汚染獣に襲われた際の戦いぶりがニーナの目に止まり、レイフォンの助言もあって第十七小隊へとスカウトされる。当初は入隊を拒否していたが、違法酒にまつわる事件の際、都市警察の潜入捜査の一環として、不本意ながら一時的に小隊に加入、第十小隊との戦いを経験する。その際、レイフォンの実力を目の当たりにしたことで心境が変化。事件解決後、改めてナルキのほうから加入を申し出て、正式に第十七小隊入りする。

レイフォンは別格として、実力者ぞろいの小隊に1年生で所属するのは珍しい。加入直後は外力系衝剄《がいりきけいしょうけい》が使えず、他の隊員との力量差も大きかったが、第五小隊のゴルネオから化錬剄《かれんけい》を習うなどして徐々に実力を蓄えている。ナルキの使う錬金鋼《ダイト》も、得意とする捕縛術《ほばくじゅつ》を生かせるように複合錬金鋼《アダマンダイト》を応用したものになっている。化錬剄の蛇流を応用し、通常では操りきれない長さの捕り縄を自在に扱う。

当初からの葛藤でもある、自身の正義感と武芸者としてのあり方の現状の差異に悩む様子も見受けられるが、周囲の人間たちにも助けられて精神面でも徐々に成長しつつあるようだ。

フォーメッドへの想い？

ナルキといえども武芸一辺倒というわ

けではなく、バイト先の都市警察で上司にあたるフォーメッドのことはかなり気になっている模様。ミィフィ情報によれば、仕事一途な男に弱い、とのこと。サンドイッチを必死に作って、メイシェンとの出来の差に落ち込んだり、自分の作ったサンドイッチをフォーメッドに「これはこれでありだな」と言われてほっとするところはちょっとかわいい。

ミィフィにからかわれて顔を赤くするナルキ。警察官といえども女の子なのだ

ONESHOT COLUMN

ナルキの上司の敏腕課長 フォーメッド・ガレン

ナルキに好意を寄せられているが、本人がそれに気づいているかどうかは不明

都市警察の強行警備課で課長を務める養殖科の4年生。仕事一筋の実直な性格だが、頭が固いわけではなく、必要に応じてレイフォンら武芸者にも協力を請い、事件の解決がスムーズに進むよう采配を振るっている。都市内のさまざまな事件に関わってきたこともあり、ナルキやレイフォンに自身の経験に基づいた助言を与えることも。

レイフォンへの想いを内に秘める少女

メイシェン

PERSONAL DATA

正式名 メイシェン・トリンデン
出身地 交通都市ヨルテム
所　属 一般教養科1年生
備　考 ナルキ、ミィフィとは幼なじみ

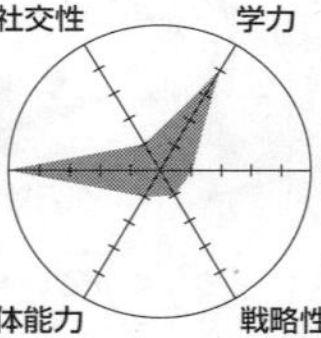

おとなしく小動物のような印象。いつもはナルキ、ミィフィと3人で行動しその陰に隠れているような印象がある。料理全般、特にお菓子作りを得意とする。

Mayshen

極度の引っ込み思案な少女

肩を越えた長い黒髪と、大きな瞳。背は低いが、それとアンバランスなくらい胸の発育はいい。性格はかなりの人見知り。普段はナルキ、ミィフィの陰に隠れ、今にも泣きそうな眉や、おどおどした表情をよく見せる。

入学式で、レイフォンが武芸科の生徒同士の乱闘を一瞬にして収めた際に、偶然メイシェンを助けていたことがきっかけで友達になる。レイフォンのことが好きだが、消極的な性格が災いして、本人に思いを告げることはできずにいる。レ

レイとんは……がんばったんです

イフォンのために毎日お弁当を作ってきたり、レイフォンが眠っている間にこっそりキスをしたりと、なけなしの勇気をふりしぼってアプローチを続けている。

料理とお菓子作りが得意で、将来は菓子職人になりたいと思っている。そのため、ケーキのおいしい喫茶店でバイト中。

元気いっぱいの敏腕記者

ミィフィ

PERSONAL DATA

正式名 ミィフィ・ロッテン

出身地 交通都市ヨルテム

所　属 一般教養科1年生

備　考 メイシェン、ナルキとは幼なじみ

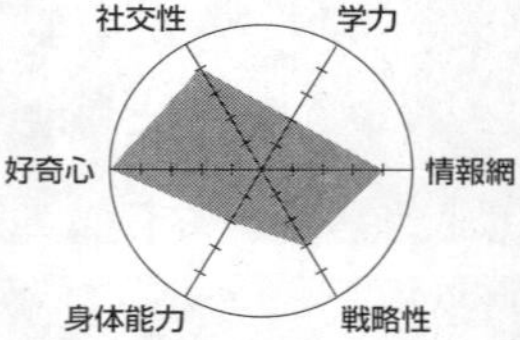

持ち前の好奇心で情報集めに励んでおり、取材力と情報網はなかなかのもの。しかしその情熱ゆえか本来の学業についてはちょっとサボり気味のようだ。

いつも元気に情報集め

一般教養科に通う1年生で、メイシェンやナルキの幼なじみ。明るい性格で行動力もあるため、三人娘のなかでは真っ先に動いていくタイプ。レイフォンとはクラスメイトということもあり、ナルキと協力してメイシェンの恋路を応援することが多い。しかし他人の世話を焼きすぎているせいか自分のことに関しては後回し気味。バンアレン・デイにお菓子を渡す相手がいないことにふと気づき、ちょっぴり落ち込むことなども。

学内で発行されている情報誌「週刊ル

「週刊ルックン」の取材できました。一般教養科1年ミィフィ・ロッテンとその連れで〜す

ックン」の記者を務めており、プライベートでも情報集めに余念がない。友人たちのバイトのシフトから都市内のマップまで、蓄えている情報はかなりのもの。親しい友人に愛称をつけることが得意で「レイとん」「メイっち」「ナッキ」などの呼び名を考案している。

元第十小隊の突撃姫

ダルシェナ

PERSONAL DATA

正式名 ダルシェナ・シェ・マテルナ
出身地 法輪都市《ほうりんとし》イアハイム
所　属 武芸科4年生／第十七小隊所属
備　考 法輪都市イアハイム都市長の娘

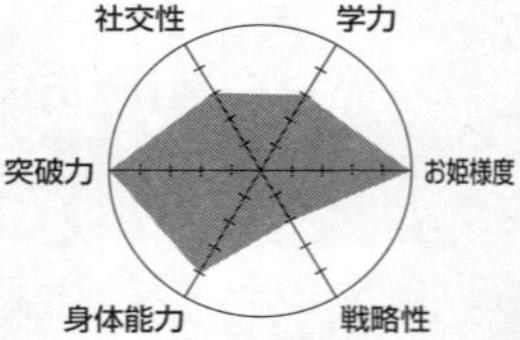

突撃槍がその戦い方を如実に表している。他者との連携がうまく機能したときの突破力は一級品。容姿端麗で人望もあり、ファンクラブまで存在しているほど。

Dalsiena

⚜誇り高き武芸者が抱える悩み

武芸科の4年生で、第十小隊の副隊長を務めていた。白金錬金鋼《プラチナダイト》の突撃槍を駆使した突破力が持ち味。その強さは背中を守る仲間がいるときに最大限発揮される。また突撃槍には細剣が仕込まれており、そちらを使って戦うこともある。

ディンやシャーニッドとは同じ目標に向かって進むことを約束しあった仲間だったが、関係者全員が片思いという、複雑な人間関係ができ上がっていた。その関係を壊したシャーニッドを憎んでいたが、所属していた小隊が解散した後に第

武芸者は武芸者なりに、君たちは君たちなりにこの都市を存続させるためにがんばろう

十七小隊へ加わり、再び共に戦うことになる。シャーニッドからのアプローチは続いているが、脈があるかは不明。

都市長である父の勧めでツェルニに留学。かつては気が弱く、武芸科内でのやられ役だったが、シャーニッドとディンのアドバイスに従って槍を持つようになってから大きく成長した。

第五小隊隊長でサヴァリスの弟

ゴルネオ

PERSONAL DATA

正式名 ゴルネオ・ルッケンス

出身地 槍殻都市《そうかくとし》グレンダン

所　属 武芸科5年生／第五小隊隊長

備　考 グレンダンの名門であるルッケンス家の生まれ

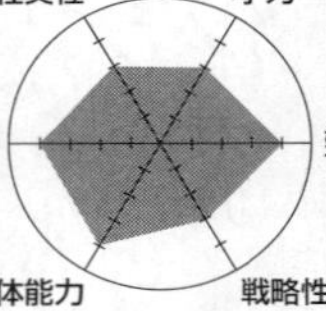

戦闘力はツェルニでも高い水準。化錬剄が得意で持ち技も多彩。相棒であるシャンテや兄のサヴァリスに振り回されることが多く、苦労人なところがある。

レイフォンとの間に因縁を持つ

武芸科の5年生で第五小隊の隊長を務める。グレンダンの出身で、天剣授受者《てんけんじゅじゅしゃ》サヴァリスの弟。紅玉錬金鋼《ルビーダイト》の手甲と脚甲を使用し、化錬剄を使用した格闘術を習得している。

レイフォンの過去を知る、数少ない人物のひとり。レイフォンがグレンダンを去る原因となったガハルド・バレーンはゴルネオの兄弟子にあたり、面倒を見てくれた恩人だった。その経緯からレイフォンに対して良い感情を持ってはおらず、仇討ちを考えている。

おれの、このどうしようもない怒りはどうする？

ツェルニの武芸者の中でも非常に高い実力を持つ。加えて、副隊長のシャンテと連携した戦いぶりは周囲の評価も高く「理性のゴルネオ、本能のシャンテ」と呼ばれている。一方、若くして天剣授受者になった兄に対して引け目を感じており、武門を継ぐことを躊躇《ちゅうちょ》している。

第五小隊副隊長の野生児

シャンテ

PERSONAL DATA

正式名 シャンテ・ライテ
出身地 森海都市《しんかいとし》エルパ
所　属 武芸科5年生／第五小隊所属
備　考 孤児であり、獣に育てられた

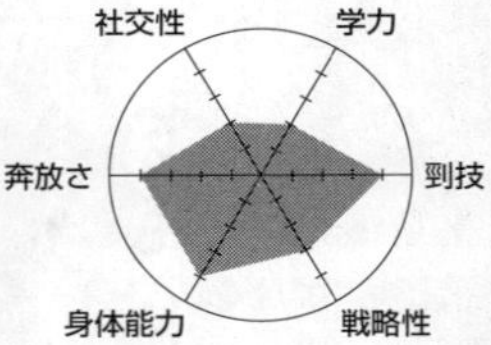

体内を巡る剄の総量ならゴルネオにも勝るほどで、連携した際の戦闘能力も高い。日常生活については特殊な生い立ちのせいもあってかトラブルが絶えないようだ。

⚜本能のままに生きる獣少女

武芸科の5年生で第五小隊の副隊長。紅玉錬金鋼《ルビーダイト》の槍と化錬剄を使った戦い方を得意とする。

森海都市エルパの出身で、幼いころに親によって森の奥に捨てられ、獣に育てられるという、変わった生い立ちを持っている。その影響か気性も獣に近く、喜怒哀楽がはっきりしている。

隠す気もなくゴルネオのことが好き。ゴルネオとは住んでいる部屋が隣《となり》同士であり、たびたび彼の部屋に入り浸っている。ゴルネオが恨みに思っているレイフ

オンを敵視している一方、お菓子をくれたメイシェンに懐いている。
普段は小柄な少女の姿だが、ある条件下では体格が変化し長身の美女となる不思議な体質の持ち主。彼女の持つこの体質については狼面衆《ろうめんしゅう》も狙っているなど、いまだ謎が多い。

愛しいものを守ろうという気持ちは、
ごく自然な感情だよ。
そして、そのために手段を問わぬというのも、
愛に狂うものの運命《さだめ》だとは思わないかい？

学園都市ツェルニの生徒会長

カリアン

PERSONAL DATA

正式名 カリアン・ロス

出身地 流易都市《りゅうえきとし》サントブルグ

所　属 司法研究科6年生

備　考 第13代ツェルニ生徒会長

身体能力以外のほとんどの面において、高い水準を誇っている。ただし私生活では妹のフェリに振り回される一面も。

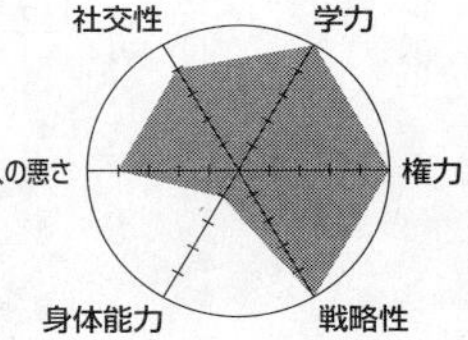

都市を守るためには手段は選ばない

ツェルニの生徒会長の地位に就いている、司法研究科の6年生。フェリの兄。レイフォンが入学する2年前、学園都市同士が戦う武芸大会で敗北を経験している。この敗北によって、ツェルニは自律型移動都市《レギオス》が存続するのに必要なセルニウム鉱山の保持数がただひとつとなってしまった。カリアンはこのことを強く危惧しており、都市を守るために生徒会長へと立候補し、対立候補を蹴落《けお》として当選を果たした。

ツェルニを守るという目的のためには手段を選ばないところがあり、貴重な戦力であるレイフォンやフェリを強制的に武芸科へ転科させ、ニーナの小隊へ加入するよう画策した。本人の意向を無視しているのは十分に承知しているが、目的のためであれば自身が恨《うら》まれることも気にしていない。翌年には卒業してツェルニを去ってしまうことから、自分が生徒会長のうちに少しでもツェルニを取り巻く状況を良くしようとしている。汚染獣《おせんじゅう》との戦いに関しても考え方は同様で、最善だと判断すれば、迷わずツェルニ最強の武芸者であるレイフォンの力を借りている。

生徒会長としての責務

都市の運営を行っている際のカリアンは、まさに敏腕政治家といった貫禄《かんろく》を見せ、年齢に似合わないほどの風格を備えている。彼の実家は都市間の情報を売買する商売を営んでおり、幼少期からの経験が現在の能力を形作ったものと思われる。武芸大会や汚染獣への対処に加え、都市内の大小さまざまなトラブルの解決にもあたっている。

　廃貴族の引き渡しを迫るサリンバン教《きょう》導傭兵団《どうようへいだん》のハイアや、人語を話す汚染獣

ハイアから情報を聞き出すカリアン。都市を運営するには交渉も重要な手段なのだ

ハルペーとの交渉においても、物怖《ものお》じする様子がなかった。彼の行動方針は常にツェルニの利益を優先して考えられている。

⚜一般人の兄と、念威繰者の妹

　優秀な念威繰者《ねんいそうしゃ》として生まれてしまったフェリとの関係は少々複雑だ。カリアン自身は一般人として生まれたため、幼少時には彼女に嫉妬《しっと》していたことも。成長してからは武芸者としてしか生きられないフェリの悩みにも理解を示している。本来は彼女の望む生き方を邪魔《じゃま》する気はなかった。だが、ツェルニへレイフォンが来ることを知り、都市を守るための現実的な道が見つかったことで、彼の

サポート役として必要なフェリを武芸科へ転科させる。それゆえ、彼女からは深く恨まれている。

彼女の望まない道を進ませているせいもあってか、表面上はあまり兄妹仲が良いように見えない。とはいえ、カリアン自身は決してフェリのことを嫌っているわけではなく、むしろ根底には妹への思いやりがうかがえる。ニーナの小隊にフェリを送り込んだのは第一に戦力強化のためだが、彼女自身が変わることを促す意図もあるのかもしれない。レイフォンが現れてから、フェリの言動には徐々にだが変化が見られるため、それをどんな心境で見ているのか、気になるところである。

幼いフェリの面倒を見る様子は仲のいい兄妹ぶりを感じさせる

彼がツェルニを守る理由とは

カリアンの実家は都市の中でも裕福な家であり、本来であれば都市を出ずに暮らすこともできた。そんな彼がツェルニへ入学したのは、一通の手紙が原因である。

10歳のころ、カリアンはふとしたきっかけで都市の外に住む女性と文通を始める。何度も手紙をやり取りするうち、カリアンは次第に彼女に惹《ひ》かれていく。その相手の女性が住んでいた都市こそがツエルニだったのである。彼女が見ていた風景を見て、彼女が大切に思っている場所を守るために、カリアンはツェルニを訪れたのだった。

会うことはかなわなかったが、彼女が残した思いはカリアンの中に受け継がれている

ONESHOT COLUMN

ヴァンゼ（左上）は生徒会長のカリアンと共に都市内の問題や小隊の編成を担当している

ツェルニの武芸者たちの頂点 武芸長ヴァンゼ・ハルデイ

ツェルニの武芸長（武芸科委員会代表）であり、第一小隊の隊長。武芸大会や、汚染獣との戦いにおいて、武芸者たちを指揮する総司令官の役割を果たす。本人の戦闘能力も高く、硬軟織り交ぜた堅実な戦い振りを見せる。彼が率いている第一小隊は対抗試合での戦績首位を維持しており、ツェルニ最強との呼び声も高い。

その他のキャラクター

others

●セリナ・ビーン

錬金科の4年生。ニーナの住む女子寮の寮長。住人の中で唯一まともに料理ができるという理由で寮長に選ばれた。必殺技？はフライパンの底をおたまで叩く爆音による目覚まし。人の話を聞かないマイペースな性格で、口調ものんびり。成績は優秀だが、自分に不利になると子供っぽく振る舞う。なぜか大量の衣装持ち。

●レウ

一般教養科の3年生。ショートカットで眼鏡をかけている。細かいことにも気がつくしっかりした性格。一歩引いて第三者として観察していることが多いが、ニーナの一時的な幼児返りに乗じて着せ替え遊びをする遊び心も持っている。武芸科に同級生の彼氏がいる。

●エド・ドロン

1年生でレイフォンのクラスメイト。身長はやや低め、体重はやや多め、スタイルもち

ょっと微妙。勉強はわりとできる。アイミを好きになり、彼女にいいところを見せようとして、レイフォンとのデートをセッティングしてしまうような自爆体質。結局アイミには振られるが、その際の一件がきっかけでレイフォンと友達になる。モテには非寛容。

●エーリ

2年生。フェリのクラスメイト。艶やかな長い黒髪の持ち主で外見はそれなりだが、普段からどこか暗くクラスで浮いている。怪奇愛好会というサークルに所属するほど怪奇好き。怪奇現象に遭遇する確率が恐ろしく高い体質の持ち主だが、彼女自身は怪奇を目の前にしていても気が付かないほど鈍感。ゴルネオのことが好き。

●ジェイミス

服飾科4年生でシャーニッドの1年のときのクラスメイト。ピンクのフリフリスーツを愛用し、オカマ言葉を遣う男。かわいさ至上主義をモットーとし、自らデザインした制服を着た店員が売りの「喫茶ミラ」を経営、好評を博す。喫茶店でデザインした服をベースに普通の服屋も経営しているが、そちらは全然儲《もう》かっていない。

●シン・カイハーン

第十四小隊隊長。細身のやや派手な男で、軽薄な印象を与える。碧宝錬金鋼《エメラルドダイト》製の細身の剣を持ち、点破を得意とする。世話好きで、第十四小隊にニーナがいたころはよく訓練につきあっていた。普段は軽口が多いが、戦いが始まると途端に無口になる。

●ウィンス

第三小隊隊長。ニーナの冷静な判断力と鉄壁の防御力を評価し、小隊にスカウトしようとして断られている。

●オゼルク・ハンクライ

第十四小隊前隊長。精悍《せいかん》な風貌《ふうぼう》だが、目は優しげ。入学直後のニーナを第十四小隊にスカウトする。お人好しに見えるが、いざというときには実力行使も辞さない。

●ガトマン・グレアー

ニーナの入学当時の武芸科3年生。技量はあるが、素行の悪さから小隊入りするチャンスをことごとくふいにしていて、1年で小隊入りしたニーナを逆恨みする。大振りのナイフと、大量に所持した投擲《とうてき》用のナイフで戦う。一撃を狙わずじわじわといたぶって相手の力を削いでいく戦い方。

●シャーリー・マーチ
ツェルニに在籍中、「もっと世界を知りたい」という思いでボトルレターを出す。それがきっかけで、当時10歳のカリアンと文通を始めた。のちにカリアンはツェルニで、彼女が残した功績と出会う。

●イラ・ロシリニア
女性。怪奇愛好会の会長。実は生徒会役員のひとりで、旧錬金科実験棟の管理人。実験棟に向けられる好奇の目を制御して、学生を危険な封印部分に近づけさせない陰の役割を持っている。

●アイミ・クク
1年生。つぶらな瞳とくりくりした巻き毛を持ち、よく笑う。第十七小隊のファンクラブに入っており、レイフォンの大ファン。エドと同じバイト先に勤めており、彼に好意を寄せられている。

●ネルア・オーランド
武芸科4年生。出身はイストラニルア。第十一小隊隊員で弓使い。外見はおとなしめで、年下に見られがち。1年の集団訓練時に運命の出会いをして以来シャーニッドひと筋で、他の男は眼中にない。

●ミ・ユー
一般教養科の生徒。服飾部門に所属する、現在のツェルニの制服のデザイナー。モデルは言わずと知れたあのお方。

ツェルニの歩き方

誰もが知ってる有名店に、
立ち入り禁止の地下施設。
グルメ・遊びスポットはもちろん
治安状況までカバーした、
ツェルニガイドの決定版!

構成・文:澤村信

物語の舞台となる学園都市ツェルニの各種データ

●正式名称
学園都市ツェルニ。

●都市旗
図案化された少女とペン。

●現都市長
カリアン・ロス（第13代生徒会長）。

●人口
約6万人。年度ごとに多少の変動があるが、ほかの学園

背景に見えるのがツェルニ外観。都市全体は、外界に満ちている汚染物質を通さないエアフィルターに覆われている

都市の人口と比較して大きな偏《かたよ》りが生まれないよう、学園都市連盟によってある程度の調整が行われる。

●年齢別人口比率

就学生である数え年16歳～22歳が9割以上を占める。諸事情で卒業を延期する学生や、学生どうしの結婚によって生まれた子供なども、わずかではあるが存在する。

●主な活動

一般的な学園都市と同様、優秀な人材の育成。また、多様な各都市の知識、技術の交流を基盤とした、さまざまな分野の新技術研究。

●都市の大きさ

自立型移動都市として平均的なサイズ。

都市間を移動する方法は、基本的に放浪バスのみ。都市間の距離は随時変化するため、移動にかかる時間は一定ではない

６万人もの学生が暮らしている、ツェルニの都市部外観。見る限り、都市の人口密度、建物密度はかなり高いようだ

●都市の歴史
明確なところは不明だが、学園都市としては若い部類。

●アクセス
放浪バス。発着スケジュールは不定期。また、移動にかかる時間も一定ではない。

●都市内の交通
主として路面電車。市内には停留所が点在する。

●気候
ほぼ定期的に夏季帯に突入する。その期間は気温の上昇、日照時間の延長が見られる。

●経済・貿易
他の都市と同様。経済や食料の循環は内部でほぼ完結しているが、例外として情報の売買は頻繁に行われている。

ミィフィ・ロッテンのツェルニMAP

みんなが暮らすツェルニについてもっと知りたい！

自立型移動都市ツェルニの外観

　は〜い、ツェルニにようこそ！　ミィちゃんことミィフィ・ロッテンです！　今日はわたしがガイド役として、ツェルニを案内することになったので、よろしくっ！

　えー、ではまずは全体の話から。ツェルニを上から見ると丸い形をしていて、外側に何本もの脚が生えてる。この脚を動かして、地面の上を移動するのね。横から見ると、ちょうど真ん中あたりにプレートがあって、その上に学生たちの住む都市部分がのっかってる感じ。ま、このあたりはどこの移動都市も似たようなものだと思うけど。

　都市部分は半球形のエアフィルターで覆われていて、太陽の光みたいなのは通すけど、汚染物質は遮断できるようになってるんだよね。

都市に立つさまざまな施設

　都市部の中央にあるのが校舎群。さらにその一番真ん中にあるのが生徒会棟で、周囲を普通の校舎や研究施設、全

ツェルニの町並みを俯瞰したところ。外縁部の外側に大きくそびえたっているのは、たくさんある都市の脚のうちの１本

学生が集合できる大講堂、武芸者たちが日々鍛錬してる練武館、学内対抗戦が行われる野戦グラウンドなどなどの各種施設が囲んでるわけ。

なんてったって学生は６万人もいるから、校舎の数も半端じゃないくらいあるし。同じ学年でもいくつもの校舎に分かれてて、校舎が違うとなかなか顔を合わせることもできないくらいなのよね。

校舎群の外側には、学生たちが暮らす寮がある居住区、食料などを作る生産区、生産したものを置いておく倉庫区があるの。こういった施設は、都市内のあちこちに作られているんだよね。何か問題が発生したときのために、わざと１か所に集中しないようにしてるんじゃないかな？

都市の一番外側は、外縁部《がいえんぶ》

って呼ばれてるんだけど、あまり建物とかは立ってないのよね。武芸大会や、汚染獣と遭遇したときとか、このあたりが戦場になる可能性が高いからっていうことらしいけど。ちなみに、そんなときわたしたち一般人は、地下のシェルターの中にいる予定。

にぎわいを見せるツェルニの大通り

ツェルニにはいくつもの大通りがあって、いずれも商店街、繁華街としてにぎわってます。中でも、一番にぎやかなのがサーナキー通り。たくさんのお店がズラリと並んでいるし、放浪バスの停留所

ツェルニの町並み。赤く尖った屋根に白い壁と、建物のカラーリングはある程度統一されている

や、都市訪問者の宿泊施設もこの通り沿いにあって、ツェルニを訪れた人たちの窓口みたいにもなってるんだ。

水を循環させるのに必要な湧水樹の森

都市のあちこちに湧水樹《ゆうすいじゅ》と呼ばれる樹の森があるんだけど、これはいわゆる都市の浄水場の役割を果たしてるんだ。まず、下水道からの汚水が、森の近くにある貯水池へと流れ込む。湧水樹の根はその水を吸い上げ、その過程でろ過が行われるのね。残った汚れは、根の部分にあるバクテリアが分解し、付近の土を栄養価の高い土壌へと変え

レンガが綺麗に敷き詰められているツェルニの通り。落ち着いたいい雰囲気をかもし出している

る。一方、樹が吐き出した水は池に溜められ、今度は機械的にろ過、浄水されたうえで生活用水になる、と、簡単に説明するとこんな感じかな？　よくできてるなぁ……。

実用だけでなく遊びも大事な養殖湖

　水産資源や水を蓄えておくのが養殖湖。都市には絶対欠かせない場所なんだけど、これのもうひとつの顔がレジャー施設！　都市が夏季帯に入ると、湖の一部が遊泳区域として開放されるんだ！

　思う存分泳いだり、砂浜で日光浴したり……。いやぁ、夏っていいなー！

　ちなみに、湖の底には強化ガラスで覆われた広い通路があって、湖底回廊と呼ばれて一般開放もされているよ。デートコースとして有名みたい。

居住区の各地に設置されている、自動販売機の集合設置場所。飲み物やお菓子、インスタント食品、洗剤などを購入できる

湧水樹の森。内部は非常に高湿、高温で、これを利用して温水プールや公衆浴場が作られる場合も

施設の中には生徒会でも存在を把握しきれていないものも。画像は鑑賞花研究会出張所と呼ばれる温室

さまざまな都市の文化が交わる学園都市だけあって、商店街で売られている食材は多岐にわたる

メイシェン・トリンデンのグルメガイド

ツェルニの「美味しい」を見つけよう!

各地の食文化が集まる学園都市

あの、えと、メイシェン・トリンデン、です。今日は、わたしの知っている美味しいお店を紹介してほしいということで呼ばれたんですが……。あの、本当にわたしなんかでよかったんでしょうか?

……えっと、ツェルニには美味しいものが多いですね。作っているのはみんな学生なのに、感心してしまいます。売っている食材や料理の種類が多いのも、あちこちの都市から人が集まってきているからなんでしょうね。ヨルテムにいたときには見たこともないような料理や作り方も多くて、すごく新鮮です。

美味しいお店ア・ラ・カルト

喫茶店やレストランはたくさんあって、競争が激しいみたいです。……ツェルニにいるのは学生ばかりなので、どのお店もお客さんの層があまり変わらないことも関係あるのかもしれません。

わたしがアルバイトしている喫茶店は、すごくケーキが美味しいんです。それでアルバイトを始めたんですけど、ウェイトレスばかりで、なかなか厨房は任せてもらえなくって。……早く厨房で働けるようになりたいです。

フェリ先輩がウェイトレスのバイトをしていたという喫茶ミラも、最近人気のお店らしいですね。クラスの男子が話しているのを聞いたことがあります。わたしは行ったことはなくて、料理の味はわからないんですけど……。

対抗試合をやっているとき、レイとんと一緒に行ったパスタのお店も、学生たちに人気です。連日、食事どきにはお店が人でいっぱいになるんです。確かに美味し……かったと思うんですけど、その……。よく味を覚えていません……。

あとは……そうだ、1年生

ケーキの美味しさに惹かれて、喫茶店でバイトを始めたメイシェン。しかしまだ厨房での仕事はさせてもらえない

の校舎の近くにあるドーナツショップ。あまりお客さんは多くないみたいですが、味はしっかりしています。チョコレートドーナツや、ドライフルーツを入れたものもあります。男の人もよく来るみたいで、同じクラスの男の子を見かけたこともあります。

屋台は隠れたグルメスポット

　ちゃんとお店を構えているところだけじゃなく、屋台にも美味しいお店はあります。

　錬金科の近くの公園によく出ているアイスクリームの屋台なんですけど、えっと、すごく美味しいんです。ついつい食べすぎちゃうくらい……いろんな種類のアイスクリームがあるんですが、わたしは基本のバニラが一番好きです。あ、レイとんもヨーグルト味を気に入ってくれたみた

シャーニッドにそそのかされ、フェリがバイトをすることになった喫茶ミラは、かわいいピンクの制服が売りのお店だった

メイシェンが偶然見つけたアイスクリームの屋台。錬金科そばの公園で店を出しており、ハーレイたちも通っている模様

いですから、甘いのが苦手な人でも大丈夫だと思います。

あとは、男の子に人気のあるソースそばパン。これも屋台なんですけど、1年生の校舎前でよく見かけます。登校時間にもお店を開いているんですが、本当はそれって校則違反なので、よく風紀委員の人たちに追いかけられています。でも、なぜかおじさんはそのタイミングでパンを売ることにこだわってるみたいで……。あ、おじさんって言っちゃいましたけど、本当は先輩なんですよね……。何年生なんだろう……。

風紀委員を避けるためか、屋台が出る場所も毎日違うんですけど、すぐに売り切れちゃうくらい人気です。……わたしは食べたことはないんですが、ソースの香ばしい匂いはちょっと好きです。

シャーニッド・エリプトンの青春スポット案内

学生が集まる都市ツェルニには遊びのスポットも満載

いまこそ問おう学生の本分とは？

よう！　シャーニッドだ。武芸大会やら汚染獣やら、いろいろハードな話が多くて忘れてるかもしれないが、俺たちは学生なんだ。学生の本分といえば!?　そうだ青春だ。青春なくしてなんの学生生活か！　というわけでだな、ここでは「ツェルニで充実した青春を満喫するにはどうすればいいか？」という重要命題について、じっくり考えていこうじゃないか。

ツェルニにはどんなスポットがある？

ツェルニは学生ばかりの都市だが、ちゃんと経済活動も行われている。街には大きな通りがいくつかあり、その付近は繁華街になっている。主に商業科の上級生によって、いろんな店が経営されているわけだ。当然、友人たちと騒いだり、デートで利用したりするのに都合のいい店もいっぱいある。年齢を満たしているなら、飲酒だってOKだ。上級生専用で営業しているバーだってあるぞ。

サーナキー通りにあるミュールの店は、おれのお気に入りだ。普段は酒を飲みに行くんだが、学内対抗試合の打ち上げのときみたいに、貸し切りにして騒ぐこともできる。カラオケの機材を持ち込んだりしたこともあったな。

　街には映画館もあるから、デートコースを考えるなら外せない。映画は他の都市から運ばれてくるのを待つしかなく、選択の余地は少ないが、ま、デートなら内容はそれほど重要じゃないだろう。

　デートの際の食事にしても、ちょっと値の張るレストランから喫茶店、ファストフードまで、いろんな店がそろっている。最後のはあまりいただけないけどな。

　そんなわけで、ツェルニにもいろんな店があるが、ひとつ共通する欠点がある。経営者も従業員もみんな学生だから、授業が行われている日中はほとんどの店が閉まってるんだ。せっかくサボっても行くところがないのはちょっと困りもんだな。

ミュールの店での打ち上げの模様。第十七小隊と、その友人たちで貸し切りになっている

この都市にも若者の季節は訪れる

都市が夏季帯に入ると、おれたちの都市に夏がやってくる。夏といえば水着だ。養殖湖の一部が遊泳区域として開放され、「湖の家」が営業を開始し、普段は制服に隠れて見ることのできない女生徒たちのプロポーションが日光の下にさらされる。保養地にも温水プールはあるが、それとは比べ物にならない開放的な空気。いやあ、これこそが学生の本分ってやつだな！　ただなぁ、ウチの女性陣にはそういう方面の情緒が欠けている連中が多くてなぁ……。

都市が夏季帯に入ると、養殖湖が遊泳用に開放され、ツェルニ中から学生が集まってくる

ツェルニの各地にある保養所。温水プールや遊戯場もあり、レジャー施設としての色合いも強い

ニーナ・アントークのツェルニ地下案内

普通の学生は知ることのないツェルニの地面の下

移動する都市ツェルニの心臓部

ニーナ・アントークだ。ツェルニの地下、機関部についての説明をしていこう。

機関部への入口は、居住区の郊外にある。通常、職員以外は立入禁止となっているこの中に入り、昇降機を使って降りていくと、入り組んだ細い通路、液体化したセルニウムが流れるパイプ、動き続ける無数の歯車などが待ち受ける空間に出ることができる。機械油と触媒液《しょくばいえき》の混じった独特の臭い、大型の機械が生み出す騒音など、上にいるだけではまったく想像もつかない世界だろうな。

ここの管理を行っているのは機械科の学生たちだが、それ以外の学生たちも清掃のアルバイトなどで機関部に入ることがある。わたしやレイフォンもその口だ。機関清掃のバイトは、報酬はいいのだが、就労時間は深夜から早朝までで、さらに体力的なキツさも相当なものだ。一般の学生からは敬遠されており、人手はいつも足りないようだな。

基礎の老朽化による崩落事故

　機関部が、都市の地下部分のすべてを占めているわけではない。たとえば外縁部に近い部分では、地面の下には都市の脚を動かすための巨大な機構がひしめいている。
　普段はそんなところに入ったり、意識したりすることはないのだが、一度基礎の老朽化で崩落事故が発生し、地面に大穴が空いたことがあったな。あのときは、レイフォンがメイシェンをかばって一緒にその中に落ち、背中に大きな怪《け》我《が》を負った。一時はどうなるかと思ったものだ。

機関清掃のアルバイトのときに、レイフォンはニーナから電子精霊のツェルニを紹介してもらう

機関部のような地下施設は、ほかの都市にも存在している

崩落によってあらわになった、都市外縁部近くの地下施設。機関部よりも大きな駆動音が響いている

幼子の姿をした都市の意識

都市の意識ともいうべき電子精霊がいるのも、やはり機関部だ。機関部の中心には、わずかに曲線を描いた何枚もの分厚いプレートででき上がった小山があり、ツェルニは普段この中にいる。

電子精霊は、非常に好奇心が強いものらしい。都市が大地の上を移動するのは、汚染獣を回避するためという意見が強いが、わたしはそれだけだとは思わない。世界は何なのか、どうなっているのか。それを知りたいがために、都市は放浪を続けるのだと、知り合いから聞いたことがある。ツェルニを見ていると、それが正解のように思えてくる。

ツェルニ以外の都市にも、もちろん電子精霊はいる。わたしの故郷、仙《せん》鶯《おう》都市《とし》シュナイバルには電子精霊を生み出す機関があるようだ。ここで生まれた電子精霊は、成長すると自らの都市を持つために旅立つ……らしいが、わたしはまだそれを見たことはない。

幼い少女の姿をしている、電子精霊ツェルニ。なぜかニーナにひどくなついている

学園都市マイアスの電子精霊。頭の部分に冠のような金色の羽毛がある小鳥の姿をしている

各都市にいる電子精霊の姿は、一体一体違っている。ツェルニ以外の電子精霊を紹介しよう。

槍殻都市グレンダンの電子精霊。蒼銀色の長い体毛に覆われた、どこか犬に似た獣の姿を持つ

ツェルニに現れた、牡山羊の姿をした廃貴族。汚染獣に滅ぼされた都市の電子精霊が、性質変化したものと言われる

フェリ・ロスのツェルニ住宅事情

ツェルニに住む学生たちのプライベート

住居にはさまざまなグレードがある

……フェリ・ロスです。今日はツェルニの住宅事情について話せとのことで、ここにいます。手っ取り早く済ませてしまいましょう。

ツェルニは学園都市ですから、住人は皆基本的に学生です。彼らは、都市内に点在する学生寮に住んでいます。ちなみに一時的に都市を訪れた旅行者は、滞在中は専用の宿泊施設で寝泊りすることになります。

学生寮にも、さまざまなグレードがあります。立地条件、広さ、プライバシーの確保性能など、さまざまな要素で家賃が変わるわけです。当たり前のことですが。

では、これまでに登場した寮について、具体的に解説していきましょう。

新入生の仮宿第一学生寮

ツェルニにやってきた新入生たちの大部分が最初に住むことになるのが、第一学生寮です。正式な住居が決まるまでの、いわゆる仮宿として使われている施設ですが、部屋はだいたいいつも埋まっているようです。相部屋、バス・トイレ・キッチン共同です。

ニーナ、リーリンの住む記念寮

隊長が住んでいるのは記念寮ですね。数年前に建築学科の学生が卒業実習として建てたものです。アンティーク風の雰囲気のいい建物で、共同空間も広く取られていますね。食堂などは、ちょっとしたパーティができるほどのスペースがあるようです。

いい環境なのですが、校舎から遠いこと、騒音がひどいことなどから、学生たちには

記念寮の応接室。お茶とお喋りを楽しむ空間だ。大型のモニターもある

記念寮には、ニーナとリーリン以外には、一般教養科３年のレウ、錬金科４年のセリナ・ビーンが住んでいる

あまり人気はないようですね。家賃も安く設定されています。なお騒音がひどいのは、敷地が建築科の建設実習区域の中にあるため、周囲ではひっきりなしに建物が建てられたり壊されたりしているからです。この建物も本来なら取り壊されるはずでしたが、設計士が故郷の都市に戻ったあと何か賞をもらい、有名になったため、記念に残されることになったということらしいです。

現在の住人は、隊長、リーリンを含めて4人。10人までが住めるので、半分以上の部屋が空いている計算です。

実家が裕福なこともあり、カリアンとフェリのロス兄妹は、学生の中では優雅な暮らしをしている模様

メイシェンたちが暮らす女子寮

ナルキやメイシェン・トリンデンが住む寮では、３ＬＤＫの部屋を３人でルームシェアしているようですね。バス、トイレなどは、部屋単位で共用となっています。また、共用キッチンはかなり本格的なものと聞いています。

ロス兄妹が住む豪華な寮

わたしは兄さんと一緒に住んでいます。寮、というよりはマンションに近いとよく言われますが……。各住居それぞれに必要な設備はありますし、自分ひとりの部屋も与えられています。きっと恵まれているのでしょうね。

……わたしの家の話はこれくらいでいいですか？　早く次に行きましょう。

レイフォンの格安男子寮

フォンフォンが住んでいるのは、ロロイドという男子寮です。バス・トイレ・キッチン・洗濯機・冷蔵庫が共用らしいですね。男子寮の中でも、家賃が安いことで有名です。相部屋制で、本来はふたりでひとつの部屋を使うようですが、現在フォンフォンの部屋はひとりだけで使っていると聞きました。

グレンダンにいたころは、多くの孤児と一緒に暮らしていたレイフォン。ツェルニでのひとり部屋は新鮮らしい

ナルキ&フォーメッドのツェルニの治安について

自律型移動都市《レギオス》内で発生するさまざまな犯罪の実情

犯罪発生率はほかの都市より低め

ツェルニ都市警察所属のナルキ・ゲルニだ。ここでは、ツェルニの犯罪事情について解説していきたいと思う。

「アシスタントのフォーメッドだ。よろしく」

え、課長？

「ああ、俺のことは気にしないで続けてくれ」

は、はあ。えー、ツェルニの犯罪発生率は、ほかの都市よりも低い。そもそも学園都市の住人は、ある程度まで衣食住が保障されているから、犯罪に走る必要性は低いんだ。だが、それでも不心得者がまったく現れないというわけじゃない。

「都市外からやってくる連中による犯罪も多いしな」

犯罪者に対する対処の方法

ツェルニには、犯罪者を長く留置しておく施設はない。学生が罪を犯した場合は停学、重大な犯罪の場合は退学となる。別の都市からの訪問者が法を犯した場合は、強制的に都市外退去させることになる。

「都市は閉鎖された空間だ。犯罪が発覚したら、基本的には逃げ場はない。通常の犯罪者は、放浪バスを待ってそこに押し込んでしまうが、あまり悪質だと、バスを待たずに放り出さなくてはならない。実質的な死刑だな。連中もそれをよくわかっているから、都市警に対して無駄な抵抗をすることは少ないな」

異邦人の犯罪で、一番ポピュラーなのは情報盗難だ。学園都市にとって、実験のデータや研究の成果は最大の交易品だけど、これを不法に奪い取ろうとする者は多い。


レイフォンが初めて都市警に協力した事件。情報を都市外に持ち出そうとする５人の武芸者たちを、鮮やかに阻止してみせた

「まったく、学生の上前をはねようとするなんて、不届きにもほどがある」
そして、一団の犯罪者の中には、まず間違いなく武芸者がいる。都市警としては、これに対処する手段を持たなくちゃいけないんだ。都市警にも武芸科の人はいるけれど、相手に比べるとどうしても実戦経験が足りない。そこで、対人戦闘に長《た》けた小隊員の力を借りる必要が出てくる。
「協力してくれる小隊員は少ないというのが実情だがな」

最近の事件簿

ここからは、最近のツェルニで実際に発生した犯罪例をいくつか挙げていこう。

ハトシアの実盗難未遂事件。シャンテの暴走ということで、実際には事件にはならず、内々に処理されることになった

●作物遺伝子データ窃盗《せっとう》●

農業科で開発した、新種の作物の遺伝子配列表が、ある

養殖科で発生した情報窃盗。犯人逮捕に張り切るあまり、錬金鋼を暴走させて自爆したレイフォンだが、結果オーライ

企業のキャラバンによって持ち出されそうになった。初めてレイフォンに手伝ってもらった仕事ですね。

「賊は5人で、いずれも手練《てだれ》の武芸者だった。実際、彼がいなければ逮捕は難しかっただろうな」

●違法酒「ディジー」事件●

　剄脈《けいみゃく》加速薬として使われることもある違法酒が、ツェルニ内に持ち込まれたこともありましたね。

「武芸者が、自分の力を一時的に上げるために使うものだな。ただし副作用があり、多くの武芸者を廃人にしてしまったため、ウチでも違法になっていたんだが……」

　ただこの事件は、もっと大きな問題のせいでウヤムヤになってしまいましたけど。

●家畜遺伝子データ窃盗●

　これも情報窃盗ですね。養殖科が開発した新種の家畜の遺伝子情報が狙われて……。

「念威を使い、大量の虫や小動物を操るという変わった犯人だったな。このときも牧場にバイトに来ていたレイフォン君に協力を依頼した」

　レイフォンが妙に犯人逮捕に意気込んでいたのが印象的な事件でしたね。

レイフォン・アルセイフのツェルニ武芸者の課題

ツェルニに生きる武芸者たちが直面する2種類の戦い

学園都市で生きる武芸者について

ええと、レイフォン・アルセイフです。今日はツェルニの武芸者たちの現状について話していきます。本当はこういうことは隊長のほうが向いてるんだろうけど……。

武芸者は都市にとって貴重な存在です。都市間の戦争、あるいは汚染獣との戦いに勝つためには、優秀な武芸者の存在が不可欠です。都市がどれだけ安全かは、その都市がどれだけ強い武芸者を抱えているかで決まります。

学園都市は、人々が自分の都市にいるだけでは得られない成長を求めてやってくる場所で、それは一般人も武芸者も変わりません。なので、ここに来る武芸者は、発展途上な人がほとんどです。

年齢的に若いというだけでなく、優秀な武芸者は故郷の都市が外に出したがらないという面もあります。都市の大事な戦力ですから。もっとも、ひとりひとり別の事情がありますし、一概に言えることではないですけど……。

ONESHOT COLUMN

武芸大会とは?

自律型移動都市は、約2年に一度の周期で「戦争期」に入る。この時期、都市は鉱山の保有権をかけて、近づいた同種の都市と戦争を行う。これに敗北した都市は、鉱山をひとつ奪われることになる。

学園都市の場合、戦争ではなく「都市対抗戦」や「武芸大会」という名目になる。学園都市どうしの戦闘は、学園都市連盟と呼ばれる組織によって管理されており、なるべく人的被害が出ないよう、安全装置のついた武器を使ったり、麻痺弾を使用したりしている。

学内対抗試合での成績がいい小隊ほど、武芸大会のときに重要な役割を任されることになる

ツェルニに来る武芸者の多くは、ここで強くなっていきます。さまざまな都市の武芸者が交流することで、技術は磨かれるはずです。向上心と才能がある武芸者にとっては、いい環境だと思います。

ツェルニの武芸大会

普通の都市は「戦争」としてセルニウム鉱山を奪い合いますが、学園都市ではそれは「都市対抗戦」または「武芸大会」という形になります。

参加者が学生ということで、武芸大会はできるだけ被害が少なくなるように、学園都市連盟によって管理されています。しかしどちらにしても、セルニウム鉱山を失うことは、都市にとって重大な危機であることには変わりありません。

　僕が入学する前、ツェルニは武芸大会で二度続けて敗北しています。その結果、所有鉱山はわずかひとつにまで減ってしまいました。

　僕が入学してからはじめての武芸大会は、学園都市マイアスとの戦いでした。これにはなんとか勝利し、ツェルニの鉱山の数はふたつになりました。サリンバン教導団のちょっかいがあったために、僕は直接参加できませんでしたが……。

　次に発生したのは学園都市ファルニールとの戦い。しかし、今度は勝利を目前にしながら、汚染獣の接近によって

学園都市マイアスとの戦い。第十七小隊の面々とゴルネオ、シャンテは、潜入部隊として敵都市に攻め入った

ONESHOT COLUMN

汚染獣とは?

汚染獣は、都市の外の大地を跋扈する巨大な生物。食物として人間を好んでおり、都市を襲うこともある。

卵から孵化したばかりの汚染獣は「幼生体」と呼ばれる。最初の脱皮をすると汚染獣は「雄性体」となり、以後脱皮を繰り返すたびに強力になっていく。繁殖期を迎えると、次の脱皮で「雌性体」に変わり、無数の卵を産むことになる。

稀に繁殖を捨てる雄性体が現れ、これは脱皮によって「老生体」へと変化する、汚染獣の中でもっとも強力な形態である。

雄性体の汚染獣は、脱皮の回数によって、雄性一期、二期などと呼ばれている

戦いは中断されてしまいました。セルニウム鉱山の数は動いていないようです。

ツェルニを襲う汚染獣

セルニウム鉱山を失えば、都市は緩やかに死に向かいますが、汚染獣は都市に速やかな死をもたらします。武芸者のもうひとつの役割は、汚染獣から都市を守ることです。

本来、学園都市が汚染獣に襲われることはあまりありません。しかし、ツェルニはごく短期間に汚染獣と何度も遭遇、あるいは接近していますし、今後も同じことがないとは限りません。むしろ、汚染獣とはいつか必ず戦うことになる。武芸者全員が、その意識を持って鍛錬することが必要だと思います。

　汚染獣は強力ですが、無敵ではありません。サリンバン教導傭兵団の戦いを見ればわかる通り、複数の武芸者でチームを組んで戦えば、ある程度成長した汚染獣でも倒すことは可能です。もちろん各武芸者の技量は重要ですが、今のツェルニの武芸者で届かないレベルとは思いません。

　重要なのは実戦の経験を積むことと、身体の基礎能力をもっと上げていくことじゃないでしょうか。

レイフォンの故郷・グレンダンには、12人の天剣授受者がおり、強力な老生体との戦闘も頻繁にあった。しかしツェルニは、幼生体との戦闘でも苦戦するほどの戦力しか有していない

学園都市ツェルニ
生徒の心得

学則で禁止されていることは?
生徒会のシステムとは?
ツェルニの学生になるために必要な知識を徹底紹介。
これであなたもツェルニ生!

構成・文:宇佐見尚也

学校規則

学園と都市の秩序を守るため、生徒は以下の規則を守らなければならない。なお、以下は一部を抜粋したもの。

【入学】

★ツエルニへ入学する者は、入学時に数え年で16歳に達していなければならない。

したがって、満年齢での最低年齢は14歳となる。

【制服】

★制服は、生徒が自らの所属を示す身分証明の一部であり、理由なく所属を別にする制服を着用した場合、これを罰する。

学科によって制服のデザインが異なり（詳しくは112～117ページ参照）、自分の所属していない科の制服を着用することは学則違反となる。

ちなみにツェルニには夏季帯があるため、夏服が存在する。また、制服は生徒会の気分次第でデザインの変更が行われる。現在の制服のデザイナーは、一般教養科服飾部門のミ・ユー。

【生活】

☆生徒によるアルバイトや会社設立は、これを許可する。

「知識の即時応用による、若年層による社会運営」を都市のテーマのひとつとしているため。

なお、学生主体の都市ではあるが、都市である以上経済活動は存在する。ただしそうした経済活動は、別の都市で暮らすための感覚をなくさないように、また将来のためのシミュレーションというのが前提にある。したがって、財産を失い破産宣告を受けた者には、救済策として生徒会からの援助金が出る（ただし、在学中に返済しなければならず、できなければ卒業資格が与えられない）。

服飾店と、そのアピールとして飲食店を経営している学生。生徒による商業活動の一例

☆セルニウム鉱山での採掘作業期間中は休講とする。

作業の中心となる工業科や肉体派の有志のほか、他の科がその支援に当たることで、下級生の授業を行う上級生の数が足りなくなるため。

☆他都市での諍いを学園に持ち込んではならない。

新入生は入学前に「他都市での諍いを学園に持ち込まない」という誓約書にサインさせられ、破った場合即時退学となるなど、扱いは非常に重い。

【罰則】

☆罪を犯した学生は、停学もしくは退学とする。

ツェルニには犯罪者を長く拘留できる刑務所がないため、一時的な措置である停学でなければ退学、すなわち都市外退去という措置がとられることになる。

【その他】

☆学生証は毎年更新を行う。

そのため、偽装学生が長期間正体を隠し通すことは困難。

【武芸科に関する特記】

☆新入生の帯剣は、原則として入学半年後からこれを許可する。

ただし、小隊員になれば入学直後からでも許可されるほか、都市警も打棒限定で早めに許可が下りるなどの例外がある。

☆学内における武芸者同士の決闘の場合、まず生徒会事務課へ申請を行なわなければならない。

両生徒の身分確認を行った上で指定の場所で決闘を行うものとする。武器は学園都市連盟法に定められた安全規定を通過したもののみを使用すること。

武芸者同士の決闘は学則によって許可されており、むしろ決闘の申し出を断るのは武芸者にとっては恥となる。ただし、実際に行うにあたっては前述のように所定の手続きを必要とするほか、公共の場で行うのは学則違反となる。

☆私的な理由による錬金鋼《ダイト》の使用、ならびに私的時間における錬金鋼の所持は、これを禁ずる。

錬金鋼の私的使用はどういう形であれ学則違反。特に念威繰者《ねんいそうしゃ》による能力の私的使用、個人情報の収集はかなり重い罪になる。

また、私的時間での錬金鋼の所持は特別に許可を得た生徒以外は禁じられており、違反した際は自宅謹慎1週間程度の罰を受ける。ただし、ほとんどの武芸者は守っておらず、規則も「休日中の錬金鋼の持ち歩きは控えること」程度に認識されている。

強力な武芸者による錬金鋼の私的使用は、大きな事故を招く危険性を孕んでいる

組織概要

円滑かつ安全に学園生活を送るため、生徒は学園の組織構造について正確に把握しておくこと。

生徒会の下で勉学・教育に励む個性豊かな多数の学科

ツェルニの住人はそのすべてが学生であり、都市の運営から若年者の指導まで、あらゆる事柄が学生のみの手によって行われる。全校で6万人にも及ぶツェルニの学生たちを統括するのが、生徒会長ならびに各科の委員長を中心とする生徒会。彼らの打ち立てた方針の下で、一般の学生たちは学園生活を送ることになる。生徒会のほかにも、学内対抗戦を運営する運営委員会や、学内の風紀を取り締まる風紀委員会、都市の秩序を守る都市警察などの組織が存在する。

ツェルニの学制は6年制となっており一般教養科、武芸科など多数の科が存在する。新たに入学した学生は、3年生までの間は一般教養科に所属する（一部例外あり。詳しくは後述）。その後、4年生（上級クラス）へと進学する際に進路を選択し、各専門分野へと進んでいくことになる。

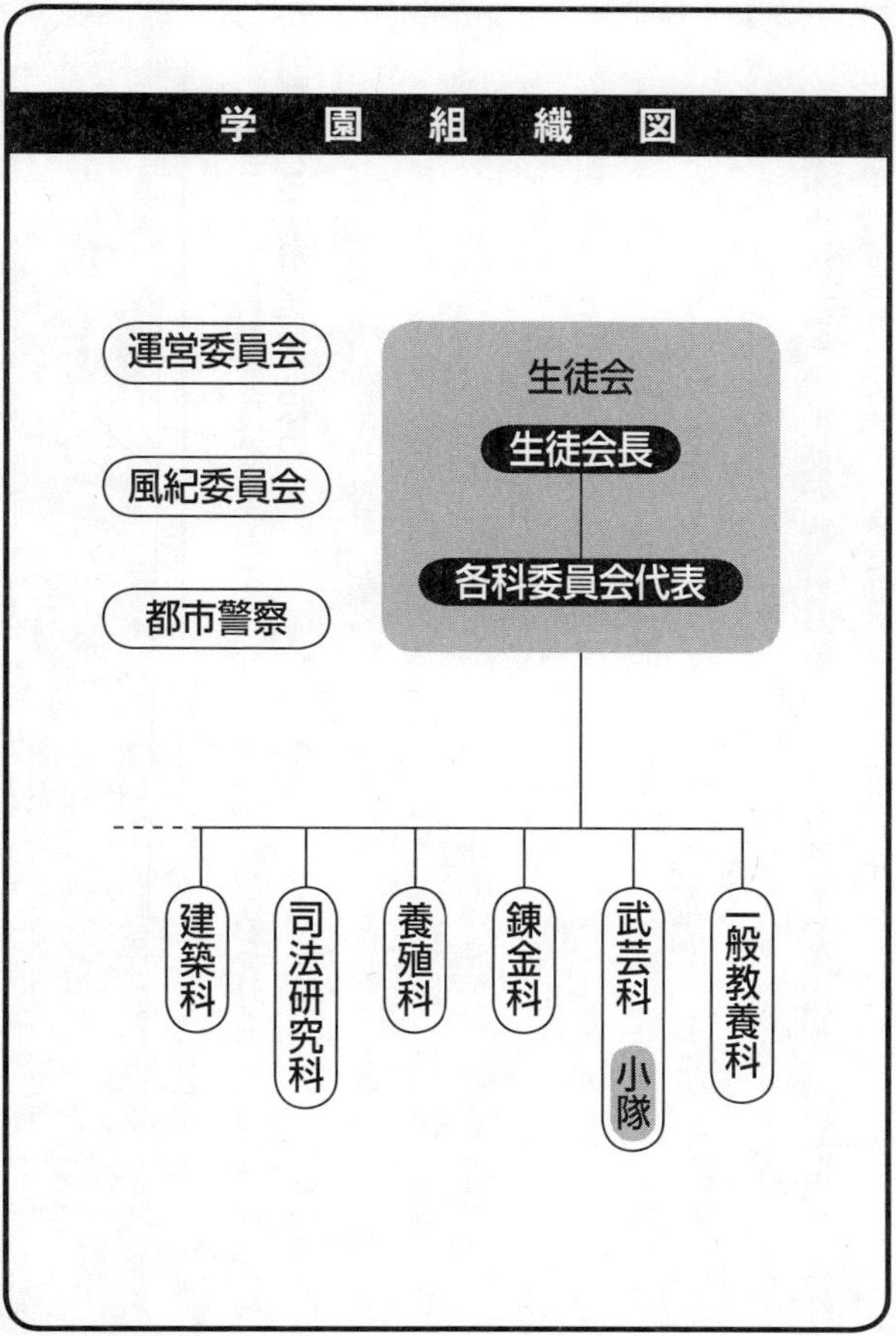
学園組織図
運営委員会
風紀委員会
都市警察
生徒会
生徒会長
各科委員会代表
建築科
司法研究科
養殖科
錬金科
武芸科
小隊
一般教養科

生徒会

生徒会長、各科委員長を中心に都市と学園の維持に尽力

住人全員が学生、アマチュアであるツエルニにおいて、学生たちの指針となり、都市を円滑に運営していく役目を担っている組織、それが生徒会である。代表である生徒会長を中心に、補佐役員や各科の科長によって構成されており、都市中心部にある生徒会棟で、日々の業務や有事の対応にあたっている。

学園都市において、生徒の代表である生徒会長は、同時に都市の代表としての役目を負うことになる。極めて重い責務を課せられる立場だが、その分、非常に強い権限が与えられており、生徒会長の判断によって、学園都市としては異例の飛び級が認められる、などの例が見られる。なお、生徒会長への立候補が可能になるのは4年生から。現生徒会長は、第13代となるカリアン・ロス。4年次より会長を務め、今年で就任3年目を迎えている。

生徒会のほかにも、ツェルニには学園の運営に関わる組織が多数存在する。とりわけ都市と生徒たちの安全を守る組織として、時に外部からの犯罪者と対峙しなければならない都市警察の果たす役割は非常に大きい。

生徒会制服

男子制服

生徒会長をはじめ、重要な役職に就いている生徒はコートタイプの制服を着用している。ロス生徒会長が常に着用している白手袋も制服の一部

一般教養科

ほとんどの生徒が入学後に所属
進路を見つけるまでの猶予期間

ツェルニに入学した生徒の多くが最初に所属する科。特に決められた専門分野を持たず、主に都市で生活していくための一般教養を学ぶことを目的としている。

ツェルニでは、武芸科など一部の科に進む者を除き、入学から3年生を終えるまでの3年間はこの科に所属しなければならない。その後、上級クラスとなる4年生への進学にともなって、農業科、商業科などの各専門科へと進学していく。

一方、4年生以降も一般教養科にとどまることも可能。その場合、上級一般教養科として、商業、経営、調理などの専門分野を選択し、それらの分野について重点的に学んでいくことになる。

このように、一般教養科は今後の進路を確定させるまでのモラトリアムの役割を担っており、生徒は学業やアルバイトに励みながら、じっくりと進路について検討することができる。アルバイトをする生徒についても、勤務先は出版社や喫茶店などさまざま。

一般教養科では、学年は制服のリボンやネクタイの色で区別される。また、定期テストで上位に入った生徒には、奨学金が支給される。

一般教養科制服

女子制服

茶色を基調とした落ち着いた色合いの制服。なお、髪型やソックス、靴などの規定は特にない模様

男子制服

左端の生徒が着ているのが一般教養科の男子制服。服のデザイン自体は女子とほぼ同じだが、胸元のリボンがネクタイに変わっているのが主な違い

武芸科

勁や念威を用いて都市を守る戦闘のプロフェッショナルを育成

勁《けい》や念威《ねんい》の使い手を育成し、優秀な武芸者や念威繰者へと育て上げることを目的とする科。勁または念威が使えることが最低条件として求められるため、他科と違い、入学直後から所属することができる。なお、武芸者・念威繰者でなければ武芸科には入れないが、武芸者・念威繰者が武芸科以外に入ることは可能。

他の都市との戦争や対汚染獣戦に欠かせないため、数ある科の中でも注目度は高い。特に小隊に所属するほどの優秀な生徒は、学内において一種のアイドル的存在になることも珍しくない。ただし訓練や試合による怪我も多い（毎年他の科の3倍の怪我人が出る）ほか、ツェルニでは2年前の武芸大会での敗北によって、武芸科に対する上級生からの風当たりが強くなっている。

1年生では体術勁術の基礎を徹底的に行い、2年生から集団戦の練習を本格的に行う。各学年は剣帯に入ったラインの数と色で区別される。

武芸科委員長は「武芸長」と呼ばれ、警察長の任命権と罷免《ひめん》権を持つ。現武芸長はヴァンゼ・ハルデイ。なお、武芸科には都市警察への臨時出動員枠がある。

武芸科制服

女子制服

武芸科では女子もネクタイ着用。動きを阻害しないよう、スカートは非常に短い。なお、小隊員は襟に小隊バッジをつけている

男子制服

シャツの袖は二重になっており、脇の辺りから襟へとつながっている。緊急時に見分けがつきやすいように、白を基調に青、黄色など比較的派手なカラーリングになっている

錬金科

錬金鋼の研究開発の専門家
武芸科には不可欠のパートナー

工業系研究者を育成する科。都市運営における様々な機械の開発、整備を行い、工業区を保有している。

武芸者の扱う錬金鋼《ダイト》を開発・整備するのもこの科の生徒であり、武芸科と共に都市にとってなくてはならない存在である。有事に際しては錬金鋼の解除・整備等のために後方待機していなければならず、危険な側面もある。ほかにも武芸者の使う剄羅砲や、自動防衛システムなどの兵器の開発も手がけている。ツェルニではかつて「守護獣《ガーディアン》計画」というものの研究をしていたことがあるが、いまは中断されている。

入学直後こそ入ることはできないものの、特別な編入試験を受けることで2年から所属することができる。制服は存在するが「よく汚れる」という現場の要請から比較的自由となっている。

かなりラフでもOKな服装。全体的な傾向としては白衣を着用する生徒が多い

養殖科

水産物から畜産物まで
動物資源の生産・開発を一手に担当

水産物や畜産物など、動物資源の生産に関わる科。本来養殖とは水産資源の人工繁殖を指す言葉だが、ツェルニの養殖科では牧畜も行っている。

広大な牧場と養殖湖を保有し、畜産・水産物の育成を担当。同時に、品種改良による新たな動物資源の研究・開発も行っている。そうして生み出された新種の遺伝子を欲しがる外部の企業は非常に多いため、ツェルニの収入源のひとつとなっているが、同時に遺伝子盗難の標的になりやすいという危険性も孕んでいる。

ツェルニで品種改良された動物の一例が、牧場で育てられているクフ。灰色気味の黒い毛皮を持つ鹿に似た動物で、湧水樹の森に大量に生えている地衣類を餌にするよう改良された。基本的には温厚で、人を乗せることもできるが、力は常人をはるかに上回る。ちなみに食用。

養殖科男子生徒の制服（右）。武芸科に比べシンプルでオーソドックスなシャツ

その他の科

医療科

怪我や病気をした学生の治療を担当する科。通常の疾病のほか、武芸者に対しては剄脈に関わる治療も行っている。役割上、制服の上に白衣を着用していることが多い。

機械科

機械関係の技術者を育成する科。代表的なものは都市の心臓である機関部のメンテナンスであるが、それだけに限らず機械全般の技術者を育成する。錬金科と同じ理由で制服着用は自由となっている。

技術科

裁縫・調理・木工・音楽等の各種工芸及び芸能等、各分野での技能者を育成する科の総称。服飾科や、セルニウム採掘等で使われる特殊機械の使用者を育成する工業科もこれに入る。各学科で小規模なものもあるため、他学科生徒が副次的に履修することが可能。汚染物質遮断スーツの開発にここの生徒が関係している。

建築科

建物の建築に必要な知識や技術を学ぶ

と同時に、都市内の建築物の設計・建築を担当している科。郊外に実習区画を保有しており、日々建物が造られては壊されている。

現在女子寮として使われている記念寮は、かつての建築科生徒が卒業制作として建てたもの。本来は取り壊されるはずだったが、設計士が卒業後広く名を知られるようになったため、その記念に残された。

司法研究科

都市における司法のあり方を研究する科。現生徒会長のカリアン・ロスもこの科に所属している。

商業科

商店を統括している科。1年前には製菓関連の店がキャンペーンを行い、バンアレン・デイの風習を広めた。

バンアレン・デイとは、好意を寄せる人にお菓子を贈る習慣のある日のこと。もとはハトシアの実の料理を食卓に出して結婚を申し込むという、森海都市エルパの風習だが、他都市に流れる間に単なる料理となり、さらにお菓子となった。

農業科

農場を保有し、農作物の生産を担当している科。錬金科や機械科同様、制服を着用することは少ない。

武芸大会と小隊

都市の存続のため、すべての生徒は武芸大会の仕組みならびに小隊の重要性を理解しておくこと。

都市の命運を左右する武芸大会 そしてその鍵を握る17の小隊

セルニウムの鉱山をめぐり、都市間で行われる戦争。その学園都市版が武芸大会である。通常の都市間戦争と異なるのは、剣は刃引きした状態で行われ、弾丸は麻痺弾に限定されるなど、住民である学生を殺傷しないよう、さまざまな配慮がなされる点。ただし、敗者が鉱山を奪われるという点においては、通常の戦争となんら変わりない。敵司令部の占拠《せんきょ》の代用として、武芸大会では生徒会棟に掲《かか》げられた都市旗の奪取が勝利条件となる。

ツェルニでは、武芸大会における戦力の中心として、武芸科の優秀な学生による小隊を組織している。現在17ある小隊は、武芸大会の際には指揮隊と呼ばれ、司令部の下一般武芸科生徒からなる大隊を率いて戦うことになる。1小隊は最低4人の戦闘要員から構成され（整備担当者等、非戦闘要員は含まない）、多くの小隊は上限となる7人でチームを組んで

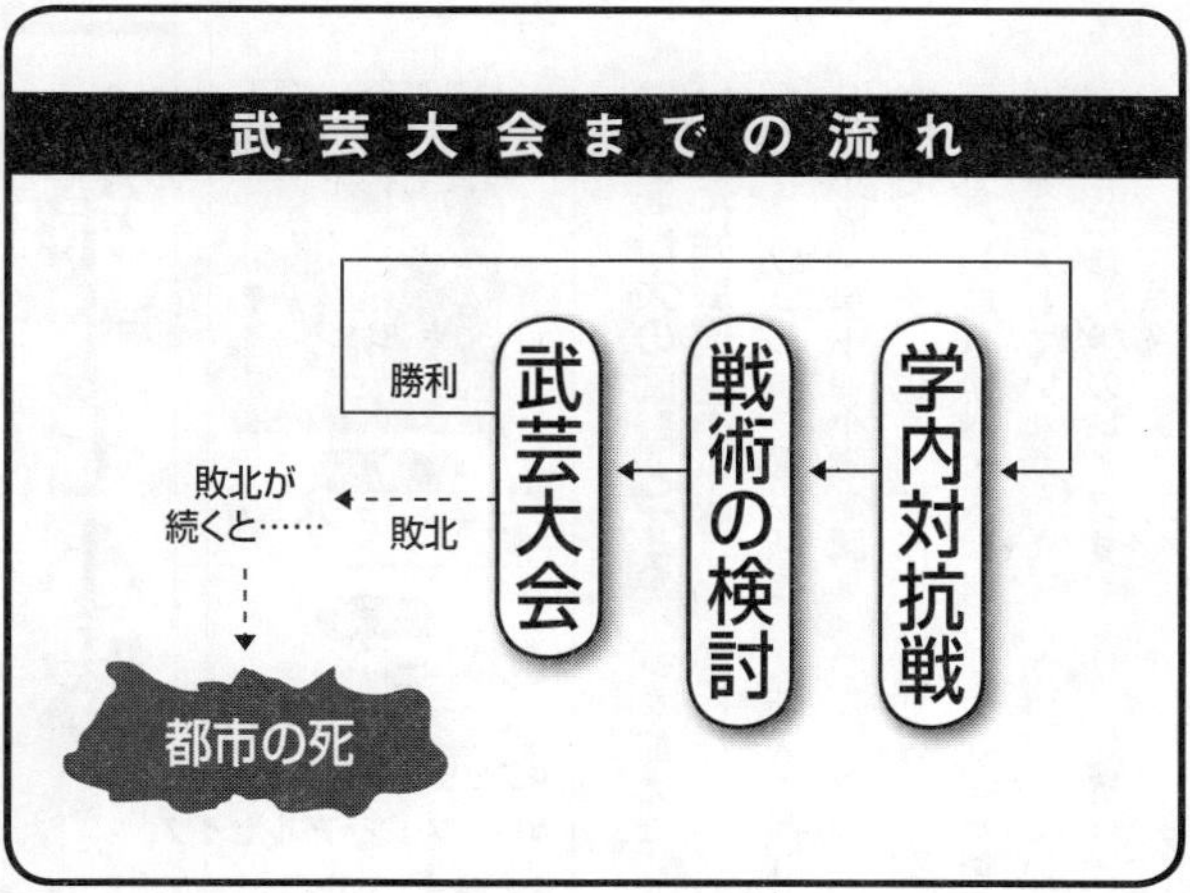

いる。小隊番号の振られた銀色の丸いバッジをつけることを義務付けられる小隊員はいわば武芸科のエリートであり、全校生徒の憧れの的でもある。
　しかし同時に、小隊員は常に小隊にふさわしいだけの個人とチームの能力を求められる。武芸大会を前に各小隊の能力を測るため、ツェルニでは学内対抗戦が行われている。ふたつの小隊が攻め手と守り手に分かれ、武芸大会を模したフラッグをめぐる攻防戦を行うもので、勝てば賞金が支給され、序列が高くなれば武芸大会で重要な役目を任される一方、成績が悪ければ小隊を解散させられることもある。それだけ小隊の重要性、ならびに隊員に要求される実力は高いと言える。

第十七小隊

隊長

ニーナ・アントーク

隊員

- シャーニッド・エリプトン
- フェリ・ロス
- レイフォン・アルセイフ
- ナルキ・ゲルニ（途中加入）
- ダルシェナ・シェ・マテルナ（途中加入）
- ハーレイ・サットン［メンテナンス担当］

若さを最大の武器とする いまだ発展途上の小隊

現在、ツェルニで最も新しい小隊。第十四小隊を脱隊したニーナによって結成された。当時は小隊の人数基準を満たしていなかったが、今年新入生のレイフォンを加えたことで正式に発足した。

新入生離れした能力を持つレイフォンを中心に、隊員個々の能力は非常に高い。が、戦術面でそれを生かしきれていない部分があり、対抗戦でもベテランの小隊に作戦負けするケースが見られた。また発足当初は人数不足による対戦相手との戦力差に悩まされていたが、のちにナルキ、ダルシェナが加わったことで改善されつつある。

学内対抗戦では優勝戦線には残れなかったものの、3敗という好成績を残す。その後のマイアスとの武芸大会では、第五小隊のゴルネオ、シャンテとともに潜入部隊を組織。諸事情によりエースのレイフォンを欠く中、相手陣営を撹乱し、勝利に大きく貢献した。

第五小隊

隊長
ゴルネオ・ルッケンス

隊員

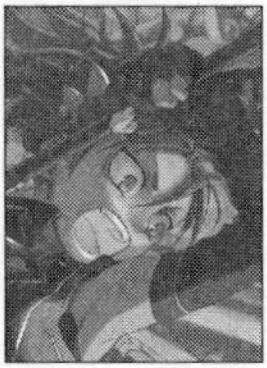

●シャンテ・ライテ（副隊長）

隊長・副隊長によるコンビプレーが光る

隊長のゴルネオ、副隊長のシャンテを中心とした、変則的な攻撃を得意とする小隊。攻撃の要となる2名はいずれも使う者の少ない化錬剄の使い手。この両者によるコンビプレーは、数ある小隊の中でも際立った攻撃力を誇り、他の小隊にとって脅威となっている。

学内対抗戦では、主力の2名を敵のエース、レイフォンにぶつけざるを得なかったことや、シャーニッドの奇襲などによって、人数で下回る（第五小隊は上限の7名をそろえている）第十七小隊に敗北。しかし、その1敗を最後まで守りきり、第一小隊と並んで1位という結果を残した（ちなみに第十七小隊とは対戦直後、共に崩壊した都市の調査隊に選抜されている）。

マイアスとの武芸大会では、ゴルネオ、シャンテ両名が第十七小隊とともに潜入部隊を担当。目標である都市旗への道を切り開き、勝利への道筋を作った。

第十小隊

隊長
ディン・ディー

隊員

●**ダルシェナ・シェ・マテルナ**
（副隊長、のち第十七小隊へ）

事故により解散したかつての強力小隊

メンバーは全7名。隊長・副隊長コンビの連携を軸とした戦闘を得意とする。

昨年、卒業に伴ってメンバーのほとんどが離脱、その穴を埋めるべく3年生のディン、ダルシェナ、シャーニッド（現・第十七小隊）の3名を起用。これが当たり、さらに強力な小隊へと生まれ変わる。当時、3人によるコンビネーションは全小隊中最強の攻撃力を誇り、一時は第一小隊を超えるとも言われていた。

しかし、対抗試合後半に突如としてシャーニッドが脱隊、正式発足前の第十七小隊に移籍。以降、戦績が急降下し、現在はランキング中位程度に位置している。

本年の対抗戦では順調に勝ち星を重ねていたが、第十七小隊との対戦中の事故で、ディンが意識不明の重傷を負う。結果、小隊としての運営が不可能と判断され、小隊は解散した。

その後、ダルシェナはシャーニッド同様第十七小隊に移籍している。

第一小隊

隊長　ヴァンゼ・ハルディ

隙のない布陣を誇る古豪

武芸長のヴァンゼ率いる小隊。ツェルニ最強の小隊と名高く、第五小隊隊長のゴルネオも、いかなる状況にも即応する指揮能力と隊員の練度を小隊の模範として高く評価している。ただし隊長のヴァンゼ自身は、飛びぬけたものがない点を欠点として挙げている。

本年の学内対抗戦では、終盤まで第五、第十四小隊と首位を争い、最終戦で第十七小隊に勝利。第五小隊と並んで優勝を収め、最強の小隊の呼び名に恥じない強さを見せつけた。

第十四小隊

隊長　シン・カイハーン

強力な連携で個人技を封殺

小隊員として2年以上のキャリアを持つシン率いるベテランの小隊。本年の学内対抗戦では、緒戦の勝利に勢いづく第十七小隊と対戦、チームワークの重要性を見せつけて勝利を収める。その後、第一、第五小隊とともに終盤まで首位を争うが、最終戦で第五小隊に敗北。最終戦績は3位（2敗）。

なお、現第十七小隊隊長のニーナはかつて本小隊に所属していた。彼女は本年の、小隊長による紅白戦にてシンと対戦、勝利している。

第十六小隊

機動力とトリッキーな戦術で撹乱

数ある小隊の中でも、旋剄を軸とした機動性で群を抜いていると評判の小隊。変則的な攻撃を得意とする。

本年の学内対抗戦では、発足直後で対抗戦は初となる第十七小隊と対戦。開始直後は優勢に戦いを進めていたものの、第十七小隊のルーキー・レイフォンの個人技が爆発。混乱の隙にシャーニッドにフラッグを破壊され、敗北を喫する（ただし、当時の小隊構成人数は、上限に満たない5人）。その後、マイアスとの武芸大会では第2陣を指揮した。

その他

特徴あるさまざまな小隊

ウィンス率いる第三小隊は、戦力アップのため第十七小隊のニーナ隊長をスカウトしようとした。武芸長のヴァンゼは「平均的に強いが特筆する点がない」と評している。

第十一小隊はマイアスとの武芸大会で後方防衛を任された小隊。隊員のネルア・オーランドは第十七小隊のシャーニッドに執心で、同じく第十七小隊（途中加入）のダルシェナと確執があるとの噂。

また、第二小隊はマイアスとの武芸大会において、先鋒部隊の中核となった。

12巻を数える文庫のほか、
単行本未収録作品まで
全作品を解説。
さらに『レギオス』年表と
長編·短編の対応まで押さえ、
ストーリーを完全網羅!

文:高橋義和、宇佐見尚也

ストーリー徹底ガイド

ストーリー解説

Story Guide

あらすじ

人が、大地の上で生きられなくなった世界――。

土と大気に充満する汚染物質によって、地上は人の住めない世界となった。荒廃した大地には、汚染獣と呼ばれる異形の生物が跋扈《ばっこ》し、人々の生存を脅かしていた。人々は地上を離れ、閉ざされた都市の中で生きることを余儀なくされていた。

意思を持ち、自ら移動する巨大な都市――自律型移動都市《レギオス》。エアフィルターによって汚染物質から守られたこの場所でのみ、人々は生きることを許された。そこでは剄《けい》や念威《ねんい》と呼ばれる力を持つ者たちが、汚染獣の脅威から人々の生活を守っていた。

強力な武芸者を多数擁《よう》する槍殻都市《そうかくとし》グレンダンで、若くして最強の武芸者に与えられる天剣授受者の称号を得たレイフォン。だが彼は、ある事件をきっかけに天剣を剥奪《はくだつ》され、グレンダンを追放される。武芸者としての自分を見失ったレイフォンは、学園都市ツェルニで新たな生き方を見つけようとするが……。

用語集

●自律型移動都市《レギオス》

はるか昔に錬金術師によって作られた、自ら移動する巨大な都市。エアフィルターによって汚染物質から守られており、都市内にはそこに住む人々が生活できるだけの設備が存在している。世界にはいくつもの自律型移動都市が存在し、個々に形や大きさが異なる。動力源はセルニウムという物質。都市はそれぞれ鉱山を保有しており、そこからセルニウムを採掘している。

自律型移動都市は2年に一度、セルニウム鉱山の所有権をめぐって他の都市と縄張り争いを行う（実際に行われるのは住民同士の戦争）。敗北した都市は鉱山をひとつ奪われ、すべての鉱山を失うと、都市機能を維持できなくなり、やがて崩壊する。なお、都市の縄張り争いは、同型の都市（学園都市であれば学園都市）とのみ行われるという特性がある。

都市間の移動には放浪バスが用いられる。しかし、それぞれの都市は絶えず移動しているため、他の都市にたどり着くまで数か月かかることもあるほか、汚染獣に襲われる危険を伴う。

●汚染物質

大地や大気全体に分布している物質。触れると皮膚が侵されるほか、吸い込むと肺が腐敗するため、人々はエアフィルターで守られた自律型移動都市の上で生活することを余儀なくされている（生身で都市の外に出た場合、5分程度で死に至る）。この物質に侵された土は作物を育てる力を失うため、大地は草一本生えない荒野となっている。

●汚染獣

人類の脅威となっている巨大な生物。幼生体として生まれ、一度目の脱皮で雄性体となり、以後脱皮を繰り返すごとに強力になっていく。数回の脱皮で繁殖期《はんしょくき》に入り、次の脱皮で雌性体《しせいたい》となって大量の幼生体を生むが、中には繁殖を放棄することで、さらに強力な老生体となる個体もいる。幼生体の時点でも一般人にとっては大きな脅威であり、武芸者による戦闘がほぼ唯一の対抗策となっている。

主なエネルギー源は汚染物質だが、汚染物質を分解できない幼生体や、激しく傷ついた個体は都市を襲い、生物を喰らってエネルギーとすることもある。

●剄

生命活動の余波によって生まれる力。外部に直接的な破壊エネルギーとして放出する外力系衝剄《がいりきけいしょうけい》と、肉体を強化する内力系活剄のふたつに大別される。人間が汚染獣に対抗できる唯一の力であり、人々から天の恩寵《おんちょう》として尊ばれている。

本来は血液や神経などと同様、あらゆ

る人間の中に備わっているものだが、汚染物質によって大地が汚染されたあと、剄脈と呼ばれる剄を膨大《ぼうだい》に生み出す器官を備えた人間が現れた。その力を利用した武術を武芸、武芸を用いて戦う者を武芸者と呼ぶ。対汚染獣戦のほか、都市同士の戦争でも矢面に立って戦うため、自律型移動都市における武芸者の果たす役割は非常に大きい。

●念威

剄が変化した粒子。外力系衝剄かつ内力系活剄であり、そのどちらとも異なる力。念威端子と呼ばれる探査子《たんさし》を用いて、主に遠くの相手と通信を行ったり、遠くの状況を探ったりすることができる。

剄はどんな人間でも多かれ少なかれ持っているものだが、念威は完全に先天的な才能によって使えるかどうかが決まっている。念威を自在に操ることのできる人間を念威繰者と呼ぶ。

●学園都市

都市全体が学園となっている自律型移動都市。住民は基本的に学生のみであり、都市の運営から若年者の指導まで、すべてが学生の手によって行われるのが特徴。

学園都市同士の戦争は、死傷者が極力出ないよう、武芸大会という体裁をとって行われる。しかし、敗北すれば鉱山を奪われるという点では、通常の都市の戦争となんら変わりない。

長編

❶ 鋼殻のレギオス

Chrome Shelled Regios

危機を迎えるツェルニに現れたレイフォン 悩める最強武芸者は、再び剣を手に取った

槍殻都市グレンダンから学園都市ツェルニにやって来た新入生のレイフォンは、入学初日に一般教養科から武芸科への転科を強いられ、流されるまま武芸科のエリート部隊たる小隊にも所属することに。

だが彼を迎え入れた十七小隊の戦闘員は、小隊長のニーナ以外は才能はあれどやる気に乏しい問題児。またレイフォン自身もグレンダンでの出来事ゆえに戦う意欲をすっかり失っていた。

ニーナと訓練やバイトで接するうち、彼女のまっすぐな姿勢に、憧れに似た感情を抱くレイフォンだが、ついに過去の行為をニーナに知られる時が来た。時を同じくして汚染獣（幼生体）の群れが襲来。立ち尽くす彼が選んだ道は？

POINT

いろいろな情報が伏せられたまま物語が進む第1巻だが、その分クライマックスの派手な戦闘シーンが印象深く、爽快に感じられることだろう。

レイフォンの行為が厳しく糾弾された理由については、3巻で改めて触れられる。

2006年
3月25日発行
定価：
本体580円（税別）

著者コメント

苦難の1年を乗り越えて生まれた勝負作にして、深遊さんと組むことができた幸運の一作。当時の担当さんには「LOVE」を求められていたようです。

三人組との交流も、レイフォンが再起するきっかけとなる

CLOSE-UP

学園で出会った新たな友達 夢に向かう彼女らとの日常

入学式での乱闘騒ぎの際にレイフォンがメイシェンを助けたことを機に、ヨルテムから来た幼なじみ三人組はレイフォンの友達に。それぞれ方向性は違えど自分のやりたいことをすでに見つけて努力している彼女たちは、レイフォンにとって眩しい存在だ。

失敗がなにも生み出さないわけではない。
失敗こそが人を成長させるんだ

今戦わずして、
いつ戦うというのだ！

Key Person

ニーナ

お堅い小隊長としてレイフォンの前に現れるが、根は心優しく純粋。彼女の一途で強い意志が迷いに沈んでいたレイフォンを再び突き動かす

Key Person

カリアン

レイフォンとフェリを武芸科に引きずり込んだ張本人。だがただの策士ではなく、学園都市を率いる指導者としての優れた資質も垣間見える

長編 ❷

サイレント・トーク

Silent Talk

悩むレイフォン、自分を追い込むニーナ そしてツェルニの進路に新たな汚染獣が！

圧倒的に強いレイフォンを擁する十七小隊だが、第十四小隊のチームワークに敗北を喫した。小隊内の空気も劇的に改善したわけではなく、ニーナは自分が強くなることで状況を変えようとハードな自己鍛錬に取り組むことにする。

一方そのころ、リーリンからレイフォンへの手紙が、誤配を皮切りに女性陣の手を転々と渡ることに。幼なじみの存在と「天剣授受者」の言葉が微妙な波紋を生じさせる。

さらにレイフォンは、偵察機が発見した汚染獣との対決に単独で備えることになるが、戦うことへの抵抗が消えたわけではなく悩みは尽きない。

ニーナが過労で倒れた直後、レイフォンは都市から単騎先行して敵地に向かうが……。

POINT

脆弱な学園都市を襲う新たな危機。1巻以上に強力な汚染獣と、新開発の複合錬金鋼《アダマンダイト》で挑むレイフォンとの死闘は息詰まる攻防だ。そんな超レベルの戦いに強引に割り込んでレイフォンを助けるニーナたちが、危うくも頼もしい。

2006年
5月25日発行
定価：
本体580円(税別)

著者コメント

隔月刊行第２弾。書いたのは１巻が出る前で、読者からの反応次第では３巻で終わるかも……ということで結構慎重に話を進めています。

汚染獣を倒した一行。ある意味、十七小隊の真の初陣と言える

CLOSE-UP

本領を発揮し出す隊員たち 小隊が次第に形を整える

ニーナの目には変わりないように見えていた十七小隊。しかしシャーニッドは銃衝術に適した錬金鋼《ダイト》を準備し、フェリも実力を出して皆をサポートする意思を固めつつあった。ニーナが指揮を執ることで、十七小隊は連携の取れたチームとして機能し始める！

では、フォンフォンにしましょう

これからはお前一人にはやらせないぞ

Key Person

フェリ

才能ゆえ将来が確定していることに苛立ち、抗おうとするフェリ。似た立場のレイフォンに親近感を抱き、互いに特別な呼び名で呼び合わせる

Key Person

ニーナ

レイフォンとの果てしない実力差を実感し、病院に担ぎ込まれるほど無茶な特訓をしたニーナ。だがそこを乗り越え、彼女は新たな一歩を踏み出す

長編

3 センチメンタル・ヴォイス

Sentimental Voice

廃都の調査。その調査隊内で交錯する因縁
一方グレンダンではリーリンに危機が……

　セルニウム補給のため鉱山を目指すツェルニの前に、滅びかけた都市が現れた。十七小隊と第五小隊による調査隊が結成されるが、第五小隊の隊長ゴルネオはグレンダン出身で、レイフォンが都市を追放されるきっかけとなった武芸者ガハルドと同門だった。調査には緊迫した空気が漂う。

　奇妙な存在は目撃したが生存者は見つけられないままに廃都の機関部を調査していたレイフォンだが、身動きも難しい閉鎖空間にあって視界を奪われてしまう。と、ゴルネオに倣ってレイフォンを敵視する第五小隊のシャンテが、そこに襲いかかって来た！

　そのころグレンダンではリーリンのもとに天剣授受者のひとりサヴァリスが現れ……。

POINT

　レイフォンがグレンダンを追放された理由が示される。それは不名誉ゆえなどの建前だけでなく、無法で危険な武芸者は野放しにしないという一般住民への表明でもあった。

　また廃都では廃貴族が出現。以後の展開に大きく関わる。

2006年
7月25日発行
定価：
本体580円（税別）

著者コメント

３巻終了回避、ということで、異世界ものとして突っ込む方向に話を膨らませました。初登場のシャンテが書いてて楽しかったです。

CLOSE-UP

他の天剣授受者たちが登場常軌を逸した実力を見よ！

3巻からはツェルニのみならずグレンダンでも物語が進展していく。リーリンを護衛すると宣言したサヴァリス。彼女を囮におびき寄せた敵との戦闘は、天剣授受者の尋常でない戦闘力と特異な思考が窺える一戦。リーリンに絡む謎の女性シノーラにも注目。

にこやかに笑う天剣授受者サヴァリス。だが本質は戦闘狂

Key Person

ゴルネオ&シャンテ

ガハルドを廃人にしたレイフォンを憎むゴルネオと、彼に懐いている野性児シャンテ。ふたりの存在がレイフォンを思わぬ窮地に引きずり込む

Key Person

リーリン

レイフォンの「本妻」が１巻冒頭以来の登場。この時点ではグレンダンの上級学校に学び、周囲の企みに翻弄されつつもレイフォンを一途に思う

あんたはゴルネオの敵だ。
なら、あたしの敵だ！
あいつの息の根は、
おれが止める
わたしはレイフォンの
味方をしたんだから

長編

4 コンフィデンシャル・コール

Confidential Call

2006年
10月25日発行
定価：
本体580円(税別)

著者コメント

気分的にちょっと異色の巻。レイフォンでチャンバラ要素を抑えつつ、シャーニッドでほろ苦い青春ものをやってみました。さ～坊が初登場。

違法酒、サリンバン教導傭兵団、廃貴族 第十小隊との対抗戦にすべてが集約する！

剄を増強するが人体に極めて有害な違法酒。その密輸事件を捜査していた都市警察とレイフォンは、グレンダン出身で都市間を股にかけるサリンバン教導傭兵団と接触する。自分たちの狙いは「廃貴族」だと語る若き団長ハイアはレイフォンと同流派のサイハーデン刀争術を会得していた。

一方、違法酒を入手した学生たちも調査で判明。その首謀者ディンは、第十小隊隊長にしてかつてシャーニッドと肩を並べて戦った友だった。

小隊長が検挙される悪影響を懸念したカリアンは、学内対抗戦を利用して内密に決着をつけるようレイフォンたちに要請。ディンにうまく重傷を負わせる算段が整ったが、その時廃貴族が出現し……！

POINT

天剣授受者になって以後、師父から学んだ刀技を汚れた自分が使うわけにいかないと、剣や鋼糸で戦うレイフォン。今回はディンに適度な怪我を負わせるためその禁を破る。刀の使用について彼が転機を迎えるのは、もう少し先だ。

レイフォンと同じ戦場に立ち、ナルキは彼の真の実力を知る

CLOSE-UP

十七小隊にナルキも加入　常識人が黒鋼の鎖で戦う

鉱山争奪のための都市戦争に疑問を抱いていたナルキは武芸大会にも乗り気でなくニーナの誘いも固辞していたが、違法酒事件の捜査で仮入隊することに。レイフォンほど強すぎでもニーナほど愚直すぎでもないナルキの視点はより読者の目線に近いと言える。

Key Person

ディン

誓いの大きさとなかなか成長しない己の実力。懊悩の末に得た力でもレイフォンには遠く及ばず絶望したディンは……

Key Person

シャーニッド

かつての戦友ディンやダルシェナと対峙するシャーニッド。いつも飄々とした彼だが、過去に区切りをつけるため戦う

刀はお前の本領さ。それをどうして捨てるさ～？

Key Person

ハイア

だらけた口調ながら天剣授受者にも迫る実力を持つハイア。同門の元天剣授受者レイフォンに複雑な感情をぶつける

長編

5 エモーショナル・ハウル

Emotional Howl

対抗戦が佳境なのに、レイフォンが負傷！さらにツェルニが暴走を始めてしまう！

　ナルキが正式に加入した十七小隊は、第一小隊との最終戦を前に合宿をすることに。だがその晩レイフォンは崩落事故に遭い、その場に一緒にいたメイシェンを庇う際に重傷を負ってしまった。

　レイフォンの手術日は第一小隊との対戦日でもあった。試合は解散した第十小隊からダルシェナをスカウトするなどして乗り切ることになるが、レイフォンに休息が与えられたわけではない。ツェルニが暴走して汚染獣の群れに接近しているため、手術終了直後からそちらの戦線に向かうようカリアンに依頼される。

　汚染獣を殲滅したレイフォン。しかしツェルニを鎮めに向かったニーナは、機関部中枢で姿を消してしまった！

POINT

　学内対抗戦が終了する第1部最終巻。ナルキにダルシェナとメンバーが増え、十七小隊の陣容も固まった。一方グレンダンでは、シノーラの後押しもあり、リーリンがレイフォンに会うため出発。そこにサヴァリスも同行する。

2007年
1月25日発行
定価：
本体580円(税別)

著者コメント

学内対抗戦の締めくくり。ここで順調だったらおもしろくない、ということでこんな感じに。本妻とか言われてるあの子もついに始動！

廃貴族と対峙するニーナ。ここから彼女独自の冒険も始まる

CLOSE-UP

ツェルニ救出に走るニーナだが廃貴族と接触して……

レイフォンの負傷に一時は動揺してしまったニーナだが、それも振り切り対抗戦に挑む。さらに試合終了後にはレイフォンの伝言を受けて電子精霊のツェルニを助けるために機関部へ向かう獅子奮迅ぶりだが……次は、6巻より先に10巻を読むとわかりやすいかも。

がんばったのに……それがわかってあげられないなんて……あんまりです
もう、解き放たれてもいいんじゃないか？

Key Person

メイシェン

レイフォンからグレンダン時代の話を聞きだしたメイシェン。しかし彼女は彼を責めようとせず、拒絶され傷ついたレイフォンの気持ちを慮る

Key Person

ナルキ

メイシェンとともにレイフォンの過去を聞いたナルキ。彼の行為は批判しつつも、その罪はすでに裁かれたのだから囚われることはないと説く

長編

6 レッド・ノクターン

Red Nocturne

消えたニーナ、止まらないツェルニの暴走
激しい総力戦の中、謎の汚染獣が出現！

ニーナは姿を消し、ツェルニは汚染獣を目指して移動し続ける。カリアンの的確な指導により一般学生のパニックは免れるが、ニーナという指針を失ったレイフォンは焦りに陥り、戦いに身を駆り立てることしか思いつかない。そんな折、かつてない強大な汚染獣が突然ツェルニ上空に飛来。それに人語で要請され、カリアンが汚染獣の支配領域奥地まで赴くことになる。

一方、リーリンはツェルニへの旅の途中で立ち寄った学園都市マイアスで他の旅人ともども不可解な足止めを受ける。そしてその場には、ニーナと名乗る武芸者の少女も。リーリンは彼女とともに、狼面衆と称する集団との謎の闘争に巻き込まれていく。

POINT

いささか戸惑う展開が待ち構える6巻。ここは、先行して雑誌掲載されていた10巻の「ア・デイ・フォウ・ユウ03」を先に読むのもひとつの手だ。ニーナとディックや狼面衆との関わりを知れば、理解を深めるのが容易になるだろう。

2007年
5月25日発行
定価：
本体580円(税別)

著者コメント

第2部スタート。ちょっと目線を変えて別の都市の話です。レイフォンが鬱に、カリアンががんばり、ニーナがなぜかあんなところに。

理知的な汚染獣ハルベーと対峙するレイフォンとカリアン

CLOSE-UP

未知の領域に踏み入る都市《ツェルニ》そこで出会った存在は？

武芸科総出、新兵器導入、さらにサリンバン傭兵団も雇い入れ、汚染獣と戦い抜くツェルニの学生たち。だが暴走し続け謎のエリアに到達した都市は、威厳すら漂わせる汚染獣を招いた。その結果語られた事実が物語にどう影響するかは、今後を待つほかない。

君は、君だけの戦う理由を手に入れるべきだ
あなたが望むのなら、わたしはそうします
わたしにはやることがある

Key Person
カリアン
未曾有の危機に陥った都市を統率し、一般人ながら汚染獣とも交渉してみせるカリアン。レイフォンのことも気にかける

Key Person
ニーナ
とんでもない異常事態に見舞われようとニーナはニーナ。マイアスでも正邪を見極めやるべきことをやり、ツェルニに帰還を果たす

Key Person
フェリ
緊急事態とはいえ、連日ろくに眠りもせず索敵に戦闘にとレイフォンをサポートし続けたフェリ。その姿は実に健気だ

長編

7 ホワイト・オペラ

White Opera

始まる武芸大会、最初の相手はマイアス　だがレイフォンはハイアと戦うことに！

暴走を終えたツェルニに戻ってきたニーナ。だが異様な事態に皆を巻き込むのを恐れた彼女は、誰にも事情を説明せずにいた。レイフォンたちはそれを受け入れるがフェリは苛立ちを覚えてしまう。

そのころ、ツェルニにはマイアスが接近。リーリンはサヴァリスの助けを得て、武芸大会中の混乱に乗じてツェルニへ移動することになる。

翌日に決戦を控えた中、姿を見せないフェリ。レイフォンと1対1の決着をつけるため、ハイアが人質として彼女を誘拐したのだった。同じ技の使い手であるふたりの決着の行方は？　そして大きな戦力であるレイフォンとフェリを欠いたニーナたちは、果たして武芸大会に勝てるのか？

POINT

レイフォンとリーリン。長らく別れていたふたりの物語はここで再合流する。その陰で不穏な言動を続けるサヴァリスにも注目。回想では彼とレイフォン、リンテンスによる汚染獣（2巻で言及された老生体）との戦闘も描かれる。

2007年
10月25日発行
定価：
本体580円(税別)

著者コメント

本妻到着。子供レイフォンとかリンテンスとかサヴァリスとかの戦いとか、さ〜坊との決着とか気持ちよくバトらせていただきました。

昨日の敵は今日の友。潜入部隊は力を合わせて旗を目指す！

CLOSE-UP

いよいよ本番の武芸大会 旗を掴むべく皆が駆ける！

武芸大会の勝利条件は基本的に、敵都市生徒会棟の旗を奪うこと。主力部隊が激しく交戦する一方、ツェルニ側は十七小隊と第五小隊のメンバーで構成された潜入部隊をマイアスに送り込んだ。各人が訓練と経験の中で培った技を発揮し、敵本陣へ突入する。

わたしが、足を引っ張るだなんて……
わたしに……心配、させないでよ
おれが求めてんのはあんたとの戦いさ

Key Person

フェリ

レイフォン以外の他人の前で珍しく感情を露わにしたフェリ。さらにハイアに誘拐され、彼女の気持ちは千々に乱れる

Key Person

ハイア

廃貴族発見により存在意義を果たした傭兵団。「家」の消滅を間近に控え、ハイアは団よりも自分の感情を優先させる

Key Person

リーリン

デルクから赦しの意味を込めて託された錬金鋼を手に、ツェルニに到着したリーリン。レイフォンとついに再会する

短編集

8 ミキシング・ノート

Mixing Note

短編集はレイフォンを取り巻く女性の物語&天剣授受者を凌駕する最強女王大暴れ！

「クール・イン・ザ・カッフェ」――レイフォンはメイド喫茶でバイトをしているフェリに遭遇。慣れない接客に挑むフェリだったが……。

「ダイアモンド・パッション」――ニーナの住む寮に新たな住民が。だがそれはニーナのトラウマを激しく刺激する！

「イノセンス・ワンダー」――週刊ルックンの企画で注目小隊のいくつかにインタビューするミィフィと、付き添いの友人たち。メイシェンが知った「天剣授受者」という言葉の意味を質問していくが？

「なにごともないその日」――10歳で天剣授受者となったレイフォン。それを機に噴き出す女王への不満。過去のグレンダンで起きた女王暗殺未遂事件の全貌が今描かれる！

POINT

前半3話は当初雑誌に掲載された、1巻終了後から4巻開始前までの間のエピソード。7巻直後、ハイアとの戦闘で負傷し入院したレイフォンが、見舞いに来たリーリンにツェルニでの出来事を話すという形で語られる。

2008年
3月25日発行
定価：
本体580円(税別)

著者コメント

フェリがバイトしたり、ニーナが壊れたり、メイシェンが青春したり。リンテンスファンなら表紙買いでもOK。女王のメイドコスプレもあるよ。

CLOSE-UP

密かに進行する暗殺計画！
だが狙われる女王は……

グレンダン三王家のひとりミンスは、女王アルシェイラの暗殺を画策。有力武門の出であるサヴァリスら3人の天剣授受者を抱き込み、老生体汚染獣との戦闘でリンテンスがいなくなる隙を狙って王宮に乗り込む。ひとりで眠りこけていた女王に迫るが……。

暇を持て余しリンテンスの部屋へ出張メイドをする女王陛下

これで終わって☆

Key Person

アルシェイラ

強すぎるアルシェイラにとっては己が標的の暗殺計画すらも暇つぶしのネタ。天剣授受者３人が一度に襲いかかるが……本当に強すぎですこの方

長編

9 ブルー・マズルカ

Blue Mazurka

第2の武芸大会の最中、老生体の攻撃が！ さらにサヴァリスと狼面衆も活動を開始！

デルクから託された錬金鋼。その意味を理解しながらもレイフォンは受け取るのを拒みリーリンと喧嘩してしまう。しかしニーナとフェリに諭され、リーリンとも和解。再び刀を手にする決意を固める。

学園都市ファルニールとの武芸大会を始めたツェルニ。刀で快調に戦うレイフォンだが、超遠距離から老生体汚染獣の攻撃が始まり、ファルニールは退散。ツェルニはかつてない危機に見舞われる。

ツェルニを離れて単騎汚染獣に挑むレイフォンは、現れたサヴァリスと共同戦線を張るが、彼の狙いは廃貴族だった。一方ツェルニでは狼面衆が暗躍、ニーナは彼らの仮面をかぶらされてディックと戦うことになってしまう！

POINT

リーリンと激しく衝突してしまったレイフォン。そのわだかまりを解いたのはフェリとニーナ。リーリンを気遣い、またそれ以上にレイフォンのためを思い、両者はそれぞれの立場から刀を持つようレイフォンに勧めるのだった。

2008年
6月25日発行
定価：
本体580円(税別)

著者コメント

夏！　水着！　そして青春！　鈍感王についにそのときが来たのか、それとも？　天剣授受者もいろいろ登場し、第2部もそろそろ後半です。

相変わらず怪物めいたこと（何かは内緒）をする女王陛下

CLOSE-UP

天剣授受者が続々登場！グレンダンの物語にも注目

冒頭ではバーメリンがディックと一戦交え、中盤では矛のカウンティアと盾のリヴァースが汚染獣と戦い……と、これまで名前や戦闘法だけが語られてきた天剣授受者が次から次へと登場し始める。今後グレンダンはさらに大きく物語にかかわってくるだろう。

Key Person

リーリン

再会して３か月。今のレイフォンを観察し理解したリーリンは錬金鋼を渡そうとするが……。一方グレンダンでは彼女の出生の秘密が明らかに

その方が、君はもっと本気になってくれそうだ

ねえ、レイフォン。わたしは余計なことをしたの？

Key Person

サヴァリス

ツェルニに潜入し、弟のゴルネオばかりか傭兵団、さらには狼面衆とも接触。廃貴族の確保とレイフォンとの戦闘を果たすために立ち回る

短編集

10 コンプレックス・デイズ

Complex Days

波乱のバンアレン・デイを描く連作短編集 &ディックとサヴァリスの知られざる一戦

「ア・デイ・フォウ・ユウ」――好意を抱く異性にお菓子をあげるバンアレン・デイ。去年からツェルニで流行り出した風習だが、レイフォンにとっては別に関係もない1日で、都市警察のバイトで第五小隊絡みの珍事件に関わったりした程度。だがフェリやナルキやメイシェンには重要な日であり、さらに謎の男ディックと出会ったニーナにとっては人生の転機ともなりかねない日だった……!

「槍衾《やりぶすま》を征《ゆ》く」――マイアスとの武芸大会終了直後。ツェルニの上空を不意にオーロラが包む。狼面衆がニーナを狙いディックがそれを阻む戦いに、横合いからサヴァリスが乱入! 戦闘狂の天剣授受者と雷迅の使い手が激突する!

POINT

雑誌掲載の3編はいずれも4巻と5巻の間のとある同じ1日を描いた連作。書き下ろしの「槍衾を征く」ではその際の事件を踏まえつつ、ツェルニに再び現れたディックと、マイアスから到着したサヴァリスとの死闘が描かれる。

2008年
9月25日発行
定価:
本体580円(税別)

著者コメント

皆さんご存知のあのイベントのレギオスバージョン。だけどそう素直にお菓子を渡したり渡されたりはしないぜ。あの人の初登場短編も。

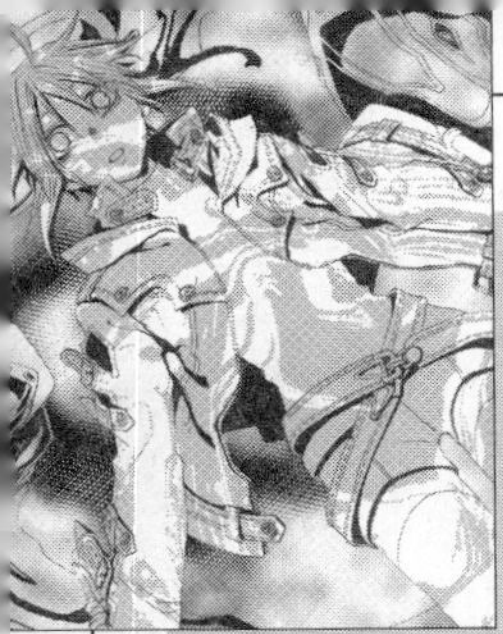

ディックおよび狼面衆との接触がニーナを異様な世界へ導く

CLOSE-UP

謎の狼面衆が実質的初登場 世界の秘密に近づくニーナ

死んでも簡単には滅びない上に圧倒的な数を頼みに襲い来る狼面衆。すでに6巻と9巻で登場しているが、ニーナの時系列的にはこの10巻での「ア・デイ・フォウ・ユウ03」が初めての邂逅。断片的に情報は語られるがその正体と目的は依然謎に包まれている。

さあ、強欲都市のディクセリオ・マスケインが相手してやるぜ
シャアアアアッ!
電子精霊がどれだけ大切か知ってるくせに、盗みなんてするな!

Key Person

ニーナ

電子精霊のツェルニに好かれ、狼面衆の目も引くこととなったニーナ。その一因は、彼女が10歳の時の出会いにあった

Key Person

ディック

かつてツェルニに学んだ、優れた武芸者ディック。今は普通の肉体を失い、時空を超えて狼面衆と戦い続けている

Key Person

シャンテ

出身都市の特産物ハトシアの実を食べて成人形態に変化したシャンテ(中身は発情期)。実は狼面衆が注目する存在である

短編集

11 インパクト・ガールズ

Impact Girls

幼なじみの衝撃が生む3つのインパクト！ &16年前のグレンダンでのとある事件

「バンピー・ホット・ダッシュ」――レイフォンと同じクラスのエドは、バイト先の気になる女の子につい言ってしまった。自分はレイフォンの友人で彼に会わせてあげられると……。巻き込まれたレイフォンとエドによる七転八倒の「デート」は成功するか？

「ザ・インパクト・オブ・チャイルドフッド」――リーリンがツェルニに来た！ 動揺するメイシェン。寮で同居することになったニーナ。やたら焦るフェリ。三者三様の行動が毎回レイフォンに思わぬ結果をもたらす、3つの物語。

「ハッピー・バースデイ」――レイフォンとリーリンの誕生会を開くことにした十七小隊＋α。一方グレンダンでは、デルクが過去を回想し……。

2008年
12月25日発行
定価：
本体580円(税別)

著者コメント

リーリンインパクトに立ち向かうツェルニガールズのお話……なんだけど、雨木としては我らが非モテエース君の活躍をこそ推したい。

POINT

雑誌掲載の短編に書き下ろしを加えた短編集。各短編をつなぐ部分では、エドの視点からレイフォンが観察される。気のいい奴だが超鈍感。なのにモテ。一般人のエドにしてみれば、1日のうちに何度も呪いたくなるのも無理はない。

CLOSE-UP

料理で敗北、幼児化、赤点 女性陣の苦戦と思わぬ災難

リーリンの到来はレイフォンを意識する3人にも波紋を呼ぶ。手紙の件で罪悪感に駆られるメイシェン。心が幼児化したニーナはレイフォンに甘えまくりリーリンに睨まれる。成績優秀なフェリはリーリンに対抗意識を燃やして臨んだテストでなぜか赤点を！

剄脈の能力増大と風邪薬の相乗効果で幼児化したニーナ

Key Person

リーリン

料理を筆頭に家事全般で万能。飛び級で迎えられる頭の良さ。社交的。さらにレイフォンを支配下に置ける！　女性陣を戦慄させる完璧超人ぶりだ

Key Person

デルク

どういうわけかデルボネの目をくぐりグレンダンに侵入した人型の汚染獣。その討伐に向かったデルクは現場の宿泊施設でふたりの赤子を発見する

当たり前でしょ、レイフォンと違って適応力がありますから

あれが、お前たちの新しい家だ

長編

12 ブラック・アラベスク

Black Arabesque

巨人襲来、リーリン覚醒、謎の少女出没
混乱の中、学園都市と槍殻都市が接触！

老生体らによる猛攻は切り抜けたツェルニだが、次は狼面衆の手引きにより、汚染獣に似た巨人が大挙して降下！　しかし急接近してきたグレンダンが助力を申し出て、天剣授受者たちが巨人群に対処、武芸者を含めた全学生はシェルターへ避難することに。だがニーナたちはある研究所の調査へ向かうことになり、そこで謎の少女と遭遇する。

一方ツェルニへ急ぎ引き返すレイフォンは、グレンダンに追い抜かれ、戦闘狂サヴァリスとの小競り合いも強いられる。異常事態の続発で混沌とする状況の中、ツェルニに帰還、サヴァリスと決着をつけ先を目指すが、女王とリンテンスと共に去ろうとしているリーリンを見つけ……！

POINT

ツェルニとグレンダンの接触でストーリーが大きく展開。レイフォンは旧知の面々と顔を合わせるが、それはあらゆる方向からこっぴどく痛めつけられる再会でもあった。この巻で数々の謎が表舞台に登場。物語は一気に加速する。

2009年
3月25日発行
定価：
本体580円（税別）

著者コメント

ごそっといろいろ出します。出しすぎてすいません。いろいろモヤモヤとすると思いますが、天剣たちの戦いっぷりでスカっとしてください。

CLOSE-UP

唐突で理不尽な別離に
レイフォンが激しく怒る！

アルシェイラにとって廃貴族以上に重要なのはリーリンで、リンテンスを遣わすばかりか自分まで迎えに来てしまう溺愛ぶり。そしてリーリン自身も、右目に生じた異変と慣れないツェルニでの過酷な避難生活による疲労から、グレンダンに戻ることに同意してしまう。だが事情も知らずその光景に出くわしたレイフォンの心には火が点いた！　グレンダン最強のふたりに対して無謀な行動に出るレイフォン。その顛末やいかに？

守るもののために戦う。それがわたしだ。それがわたしなのだ！
レイフォンは……それに関わらなくてもいいんですよね？
断言できるわ。あなたがどんな道を辿ろうと、わたしの正体には意味がない

Key Person
ニーナ
相次ぐ激闘の中でついに己の本分を見出し、新たな力を得たニーナ。続く局面でも臆することなく果敢な決断を下す

Key Person
ニルフィリア
ツェルニと一時一体化していた少女。この世界の創世時から存在していたようだが、現在では力が弱まっているという

Key Person
リーリン
見たものを眼球に変える右目。異様な能力が備わると同時に眠っていた記憶も甦り、リーリンの精神は疲弊し始め……

文庫未収録作品

2009年3月現在、
文庫未収録の短編を紹介。
未読の作品がある読者は、
文庫での“レストレーション”を
刮目して待て!

バーベキュー・ポップ

ドラゴンマガジン2007年9月号掲載

レイフォン、ついに天職を見つける!?

臨時のバイトで牧場の手伝いをすることになったレイフォン。思いがけない楽しさに、これこそが自分の進路ではないかと思い始めるが……。珍しくレイフォンの怒りが爆発(?)する話。

バス・ジャック・タイム

ドラゴンマガジン2007年12月号掲載

ニーナがフェリに泳ぎを指導!

カリアンに誘われるまま保養所にやってきたフェリだが、次第に裏に不審なものを感じ始め……。「バーベキュー・ポップ」の後日談的な一編。水着姿のフェリは眼福のひと言。

ゴースト・イン・ゴースト

ドラゴンマガジン2008年4月号掲載

閉鎖された実験棟で密かにうごめく謎の影

エーリに誘われ、怪奇同好会の会合に参加したフェリ。単なる肝試し的なイベントのはずだったが……。暴走娘・エーリが再登場。フェリとヴァンゼという、珍しいコンビが見られる。

ボトルレター・フォー・ユー

ドラゴンマガジン2008年11月号掲載

**カリアンがツェルニへ
やってきた理由とは?**

10年前。カリアンは宛先のない1通の手紙を手にする。それがのちに、自分をツェルニへと誘うとは知らずに……。見どころは幼少期のロス兄妹。小隊設立に燃えるニーナも登場する。

アーリー・ダイアモンド

ドラゴンマガジン2009年1月号掲載

**幼さ色濃く残る
かつての十七小隊隊長**

本編開始2年前、ツェルニ入学直後のニーナの姿を描く。新入生でありながら、小隊員に選ばれたニーナだったが……。本編以上に「青い」彼女の姿がまぶしい。ハーレイも活躍。

ラン・ジェリー・ラン

ドラゴンマガジン2009年3月号掲載

**げに恐ろしきは
少女のコンプレックス!?**

ツェルニで下着泥棒が多発。メイシェンが被害に遭ったことで、レイフォンも犯人探しに駆りだされるが……。女性陣(一部)の苦悩やレイフォンの受難ぶりに抱腹絶倒の一編。

週刊ルックン特大号

ドラゴンマガジン2008年7月号付録

**いずれ劣らぬ魅力を持つ
戦場の華たちに直撃!**

マイアス戦勝利を記念して、ミィフィが人気の女性小隊員に突撃インタビュー。ダルシェナの過去が語られるほか、新キャラクターも登場する。本書収録の短編の原型となった一作。

『鋼殻のレギオス』年表

作品内で起こった出来事を年表形式で総まとめ。さらに、ツェルニの外で起こった重要な出来事をクローズアップして紹介！

時系列	出来事
36年前	リンテンス誕生。
30年前	**ツェルニで守護獣《ガーディアン》計画による事故が起こる。**［GIG］
25年前	サヴァリス、アントーク家長女（ニーナの上の姉）誕生。［DM］
23年前	カナリス誕生。
21年前	カリアン、アントーク家次女（ニーナの下の姉）誕生。［DM］
20年前	ゴルネオ、シャンテ誕生。

注釈
※1巻開始時より前の出来事に関しては、1巻開始時を基準としている。
※太字はツェルニ内での出来事、それ以外はツェルニ外での出来事。
※①～③は168～171の「長編と短編の対応」に対応している。
※年表中の［　］内は、その出来事について書かれている巻数ならびに短編タイトル等の略称。正式タイトルとの対応は以下の通り。

［その日］＝なにごともないその日
［槍衾］＝槍衾を征く
［HB］＝ハッピー・バースデイ
［BFY］＝ボトルレター・フォー・ユー
［GIG］＝ゴースト・イン・ゴースト
［ED］＝アーリー・ダイアモンド
［ル］＝週刊ルックン特大号
［DM］＝ドラゴンマガジン2006年11月号特集

19年前
シャーニッド、ダルシェナ、ディン、ロイ誕生。

18年前
ニーナ、ハーレイ、キリク、ハイア誕生。

17年前
フェリ、ミュンファ誕生。
リンテンス、故郷の都市を出る。〔8巻〈その日〉〕

16年前
ニーナ、祖父からミーテッシャをもらう。〔DM〕

15年前
レイフォン、リーリン、ナルキ、メイシェン誕生。
メイファー・シュタット事件。レイフォン、リーリン、デルクの孤児院に引き取られる。〔11巻〈HB〉〕★

12年前
リンテンス、グレンダンに。〔8巻〈その日〉〕
サヴァリス、天剣授受者に（当時最年少）。〔8巻〈その日〉〕
ニーナ、初等学校に入学。〔DM〕

11年前
ニーナの母、病死。〔DM〕

10年前
カリアン、シャーリーと手紙のやり取りをする。〔BFY〕

9年前
レイフォン、初等学校に入学。デルクの下で腕を磨く。〔DM〕

8年前
カナリス、天剣授受者に。〔8巻〈その日〉〕
ニーナ、電子精霊によって命を救われる。〔10巻〈槍衾〉〕

「彼」と「彼女」の出会い
メイファー・シュタット事件

物語開始からさかのぼること15年前、グレンダンに人型の汚染獣が侵入。対応に当たったデルクは、現場にいた赤子を自らの孤児院に引き取る。のちにレイフォン、リーリンと呼ばれるようになる、ふたりの赤子を。

時系列	出来事
7年前	ミュンファ、サリンバン教導傭兵団に拾われる。［6巻］
	グレンダンでかつてない食糧危機が起こる。［DM］
	レイフォン、グレンダンの公式試合に出場するようになる。
5年前	カリアン、ツェルニへ。途中、グレンダンに立ち寄り、レイフォンが天剣授受者になるのを見届ける。
	レイフォン、史上最年少の天剣授受者に。［1巻］
	カリアン、ヴァンゼ、ツェルニに入学。
	ミンスによるアルシェイラ暗殺未遂事件。［8巻〈その日〉］
	レイフォン、サヴァリス、リンテンス、ベヒモトを討伐。［7巻］★

天剣を授与されて間もないかつてのレイフォンの戦い

グレンダンでは一度の戦いで討伐できなかった強力な汚染獣に名前が与えられる。このベヒモトは、汚染獣と単独で戦うことの多い天剣授受者が３人で共同戦線を張り、３日３晩かけてようやく討伐に至った。

4年前

ニーナの父、再婚。アントーク家長男（ニーナの弟）誕生。［DM］

ゴルネオ、シャンテ、フォーメッド、シン、ツェルニに入学。

3年前

シャーニッド、ディン、ダルシェナ、セリナ、
ネルア、ツェルニに入学。

2年前

ニーナ、レウ、ツェルニに入学。

ニーナ、第十四小隊に加入。［ED］

ツェルニ、武芸大会で敗北。［1巻］

カリアン、第13代ツェルニ生徒会長に就任。［1巻］

1年前

フェリ、エーリ、ツェルニに入学。

シャーニッド、ディン、ダルシェナ、第十小隊に加入。［4巻］

シャーニッド、第十小隊を脱隊。［4巻］

ニーナ、第十四小隊を脱退。第十七小隊発足。

初期メンバーはニーナ、シャーニッド、フェリ、ハーレイ。［4巻］

フェリ、ミスコンに出場し、優勝。［ル］

ガハルド、天剣授受者の座を賭けてレイフォンと試合、レイフォンが勝利。

ガハルド、レイフォンを告発。レイフォン、天剣を剥奪される。

時系列	出来事
1巻	レイフォン、グレンダンを離れ、ツェルニへ。 レイフォン、ナルキ、メイシェン、ミィフィ、エド、ツェルニに入学。 レイフォン、武芸科に転科。同時に第十七小隊所属となる。第十七小隊、正式に発足。 レイフォン、機関部にてツェルニの電子精霊と出会う。 第十七小隊、第十六小隊との学内対抗戦に勝利。 ツェルニ、汚染獣の襲撃を受ける。レイフォンらの活躍により討伐。
2巻	第十七小隊、第十四小隊との学内対抗戦に敗北。 レイフォン、都市警と共に研究データ窃盗犯を捕縛。 ニーナ、過労で倒れる。 レイフォン、ニーナらと共に汚染獣(老生体)を討伐。
3巻	第十七小隊、第五小隊との学内対抗戦に勝利。 第十七小隊、第五小隊と共に崩壊した都市の探索に向かう。

❶

レイフォン、黄金の牡山羊と遭遇。

このころ、サイハーデン道場がガハルドの襲撃を受ける。★

4巻

ツェルニ、セルニウムの採掘を開始。学園は休講に。

サリンバン教導傭兵団、ツェルニへ。

ナルキ、第十七小隊に仮入隊。

ツェルニ、セルニウムの採掘終了。

第十七小隊と第十小隊との学内対抗戦中、廃貴族が出現、ディンに憑依。

レイフォンら、ディンごと廃貴族を連れて行こうとするハイアを阻止。

第十七小隊、第十小隊との学内対抗戦に勝利。

（1か月間）②

5巻

ナルキ、正式に第十七小隊に加入。

（レイフォン入学から半年後）第十七小隊、合宿を行う。

合宿地で地盤の崩落事故。レイフォン、意識不明の重傷を負う。

いまだやまぬ妄執
リーリン、最大の危機

汚染獣に寄生されたガハルドがサイハーデン道場を襲撃、迎え撃ったデルクは重傷を負う。絶体絶命のリーリンを救ったのは、電子精霊グレンダンだった。

時系列	出来事
5巻	このころ、ツェルニが暴走を始める。 ダルシェナ、第十七小隊に加入。 学内対抗戦最終戦。第十七小隊、第一小隊に敗北。学内対抗戦終了。 レイフォン、サリンバン教導傭兵団と共に汚染獣を討伐。 ニーナ、廃貴族に憑依され、行方不明に。
6巻	リーリン、ツェルニを目指してグレンダンを発つ。 電子精霊マイアス、行方不明に。学園都市マイアス、移動停止。 リーリン、学園都市マイアスに到着。都市警察によって拘束される。 リーリン、ニーナと出会う。★ マイアス、汚染獣の襲撃を受ける。サヴァリス、これを討伐。 電子精霊マイアス、機関部に帰還。学園都市マイアス、移動再開。 レイフォン、カリアン、ハルペーと邂逅。 ニーナ、ツェルニに帰還。ツェルニの暴走停止。

マイアスで展開する少女たちの奇妙な冒険

マイアスで足止めを食ったリーリンは、ニーナと名乗る少女と出会う。彼女と別れる際、リーリンは彼女に関する記憶を失う。だが、ふたりは間もなくツェルニで再会することになる。

7巻

小隊長による紅白戦実施。

ハイア、フェリを拉致。

ツェルニ、マイアスと接触。武芸大会開始。ツェルニ、勝利。

リーリン、サヴァリス、ツェルニへ。レイフォン、リーリンと再会。

狼面衆暗躍。ディクセリオ、サヴァリスと対峙。［10巻〈槍衾〉］

（3か月間）――❸

9巻

第十七小隊、休暇をとる。

このころ、カウンティアとリヴァース、老生体を撃退。

ツェルニ、ファルニールと接触。武芸大会開始。

汚染獣襲撃。ファルニール、離脱。

レイフォン、汚染獣と接触。サヴァリスとの共闘ならびにアルシェイラの一撃によって討伐。

短編と長編の対応

短編の物語は、長編の時間軸においていつごろの出来事なのか？　作中の描写から読み取れる、長編と短編の対応について解説。

※各小見出しの丸数字は、160～167ページ年表中の数字と対応している。なお、時期がはっきりしている短編集書き下ろしの3編と「ボトルレター・フォー・ユー」「アーリー・ダイアモンド」の2編については解説は省略した。

❶ 2巻終了後～4巻開始まで

汚染獣との2度の戦いを経て、次第に第十七小隊内のつながりが強まり始めた時期。8巻に収録された以下の短編は「なにごともないその日」を除き、いずれもこの時期の話であると思われる。

○**「クール・イン・ザ・カッフェ」**

レイフォンがフェリのことを「フェリ」と呼んでいることから、2巻の後であることは間違いない。

また冒頭、訓練シーンの描写でナルキへの言及が特にないことから、少なくとも彼女が十七小隊に加入する4巻以前の出来事である模様。

◯「ダイアモンド・パッション」

汚染獣と2度戦った、という記述があるので、2巻終了以降。

また、長編シリーズでニーナが初めて金剛剄を使ったのは4巻の比較的早いタイミング。金剛剄《こんごうけい》を習得した本作は、それより前の話であると判断できる。

◯「イノセンス・ワンダー」

メイシェンがリーリンからの手紙を読んでいることから、2巻後の出来事であることは確定。

ナルキは4巻開始直前に第十七小隊にスカウトされており、そのような気配のない本作は、4巻より前の出来事と見ていいだろう。

❷ 4巻終了後～5巻開始まで

違法酒事件の終結から、第十七小隊が合宿を行うまで。これらの間には、1か月の時間経過がある。

5巻ではレイフォンの入院、ニーナの行方不明と大事件が続くため、時期の判断にはこのふたりの動向が鍵を握る。

◯「ア・デイ・フォウ・ユウ」

01～03までの3編からなる短編連作。バンアレン・デイ当日の出来事を、それぞれ異なるキャラクターの視点から描いている。

まず02で「ついこの前、違法酒絡みの

事件があったばかり」という表現があることから、4巻よりもあとの出来事であることが確定。また、03でニーナがレイフォンから習うことになった雷迅は、7巻で初めて使用。だが、5巻でレイフォンが入院し、退院と入れ替わるように6巻終了までニーナがツェルニを離れるため、習うタイミングはそれより前、4～5巻の間と見るのが妥当だろう。

○**「バーベキュー・ポップ」**
○**「バス・ジャック・タイム」**

時期がはっきりと明記されているわけではないが、「バーベキュー・ポップ」はバンアレン・デイから間もない時期の出来事であるため、やはり4巻終了後～5巻開始までの1か月間に起こったのではないかと考えられる。「バス・ジャック・タイム」は「バーベキュー・ポップ」とほぼ同時期の話。

❸ 7巻終了後～9巻開始まで

マイアス戦終了後から、第十七小隊が養殖湖で休暇をとる前まで。この間、実に3か月の時間経過がある。

時期判断の最大のヒントは、もちろんリーリンの存在。彼女がツェルニにいる描写があれば、自動的に7巻よりあとの話と判断できる。

また、9巻で第十七小隊が休暇をとった後は、ファルニールとの武芸大会、老生体の襲撃と事件が連続し、ツェルニは完全に非日常の世界に置かれる。リーリンの身にも重大な変化が起こり、以下に紹介するようなほのぼのしたエピソードに関わる余地がなくなってしまうことから、これらの話は9巻よりも前の出来事であるという推測が成り立つ。

○「バンピー・ホット・ダッシュ」

リーリンが弁当屋のアルバイトを始めたばかりであることから、7巻〜9巻間の3か月の中でも、比較的早い時期の話と考えられる。

○「ザ・インパクト・オブ・チャイルドフッド」

「ア・デイ・フォウ・ユウ」同様の連作短編。「ア・デイ〜」のように同日の出来事というわけではないが、ほぼ同時期の話と見て間違いないだろう。

ちなみに、9巻43ページあたりからレイフォンが回想し、倒れるきっかけとなったのが本作の出来事。

○「ラン・ジェリー・ラン」

○週刊ルックン特大号

いずれの短編にもリーリンが登場する。

●その他

○「ゴースト・イン・ゴースト」

作中にバンアレン・デイ後という記述があるが、細かい時期については不明。

滅べ、モテ系！

レイフォンばかりがなぜモテる？

架空妄想インタビュー

レイフォンを取り巻く恋愛模様も
『鋼殻のレギオス』の見どころ。
このページでは『レギオス』の
キャラクターたちをこちらの世界に
お呼びし、架空インタビューという
形でレイフォンがモテる理由を
分析する。あくまで架空であり、
本編とは無関係なのでご注意を！

構成・文：勝木弘喜

——男性読者必見！　レイフォンがモテまくる秘密に迫る！　ということで、編集部はレイフォンの女性関係をよく知る人物にお話を聞くことにした。レイフォンの男トモダチ、エド・ドロンさんです。エドさん、よろしくお願いします。

エド（以下エ）「すべてのモテ系はきるゆー」

——初っ端から飛ばしますね。

エ「おれは単なるあいつの男トモダチじゃない、数少ない男トモダチだ！」

——いやまぁ、確かに少なそうですけど

ね、男トモダチ。それよりレイフォンの女性関係の話を……。

エ「レイフォンの女性関係!?　そんなことおれに聞くのか！　そもそも主人公だぞ？　モテないわけがないだろう！」

——そ、そうですね。

エ「実際、４人もの女の子に好かれてるんだぞ！　しかもみんな美人だし！」

——その４人のお話を聞きたいんですが。

エ「留学生のリーリン・マーフェス、第十七小隊の小隊長ニーナ・アントーク、生徒会長の妹フェリ・ロス、一般教養科のメイシェン・トリンデンの４人だよ！　おまけにレイフォンがいる第十七小隊にはファンクラブまであるんだぞ」

——ほとんどの小隊にはあるのでは？

エ「第十七小隊のファンクラブが問題なんだよ！　第十七小隊のファンクラブにはアイミ・ククがいて、彼女もレイフォンのことが好きでだからおれは、おれは……アイミ……」

——ああ、エドさんがアイミさんにフラれた件について？

エ「言い辛いことズバッと言うなよ！」

——しかもレイフォンにフォローしてもらって、次の恋に目覚めようとしたのにそれもレイフォンの幼なじみのリーリンさんだったっていう件について？

エ「………」

——エドさん？　エドさーん。

エ「モテなんて汚染獣に喰われて死滅してしまえばいい」

——や、やだなぁ、エドさんったら暗い顔して。そうだ、どうすればモテるかレイフォンに相談してみたらどうですか？

エ「人の恋バナで赤面するようなお子ちゃまだぞ⁉　まめに弁当をもらっても好意に気づかない鈍感やろうだぞ⁉」

——そうですねぇ。じゃあ、シャーニッドさんとかどうですか？

エ「え？」

——アイミさんのときもアドバイスしてもらったんでしょ？

エ「いや、うーん。そうか」

——ね？　じゃ早速シャーニッドさんのところにGO！　どうせ次はシャーニッドさんにお話を聞く予定だったし。

エ「なんか言ったか？」

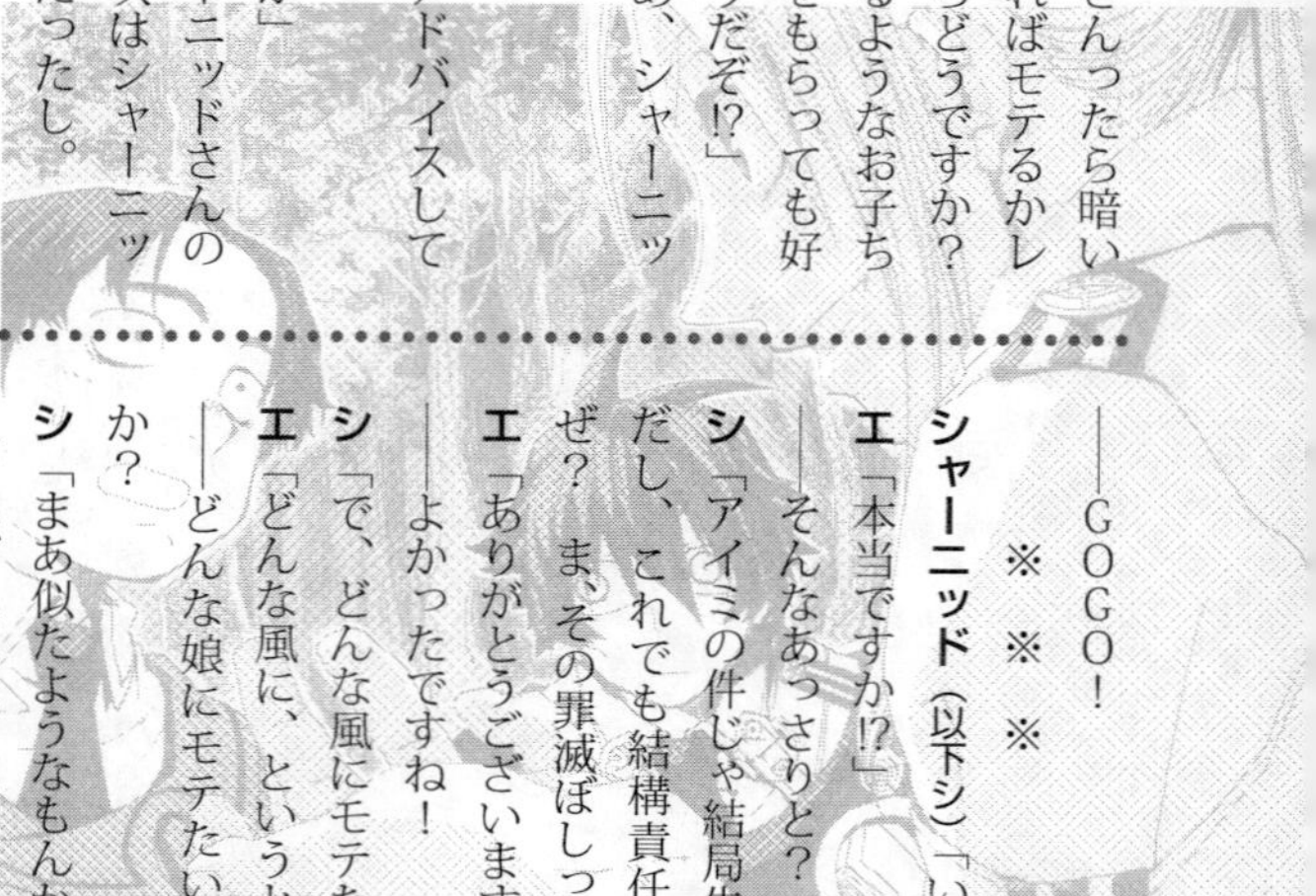

——GOGO！

※　※　※

シャーニッド（以下シ）「いいぜ」

エ「本当ですか⁉」

——そんなあっさりと？

シ「アイミの件じゃ結局失敗したみたいだし、これでも結構責任感じてるんだぜ？　ま、その罪滅ぼしってところかな」

エ「ありがとうございます！」

——よかったですね！

シ「で、どんな風にモテたいんだ？」

エ「どんな風に、というと？」

——どんな娘にモテたいってことですか？

シ「まあ似たようなもんかな。やっぱり人それぞれ理想の恋愛スタイルってのが

あるだろ？　それを無視して好みじゃない女の子ばっかりにモテるようにしてもしょうがないからな」

エ「なるほど！　理想の恋愛……」

——なんか浮かびました？

エ「れ」

——れ？

エ「レイフォンみたいにモテたい！」

——言っちゃいましたね、この負け犬。

エ「なんか言ったか？」

——いえいえただのひとり言です。

シ「レイフォン、ね。わかった。じゃまずレイフォン関係の女の子の恋愛傾向を分析して、なんで彼女たちがレイフォンを好きなのか考えようか」

エ「はい！」

——そうすれば、レイフォンがモテまくる秘密もわかるかもしれませんしね。

——ではまずニーナ・アントークさんはいかがでしょうか？

シ「ニーナは不器用な回遊魚タイプだな」

——不器用はわかりますが、回遊魚？

シ「泳いでないと死ぬってこと」

エ「なるほど！」

シ「いいとこのお嬢様らしいんだけど、自分の目指すもののために、故郷を捨ててツェルニに来てる。こういうタイプは恋愛、というか自分のこと自体に鈍感な場合が多いのさ。そして、磨けば光るのもこのタイプ。ニーナもそうさ。ゴスロリっぽくおめかしした彼女にはレイフォンもたじたじだったしな」

――あー、超高速だだっこ揺すりでレイフォンが撃沈したときですね。

エ（『レギオス』11巻を読んで）「ムフー！」

シ「お？　隊長のゴスロリでテンション上がったか？」

――あの格好は普段のニーナさんからするとめちゃくちゃ違和感ありますけどね。

エ「ほっぺにちゅーだとぉぉぉぉ！　このモテめ！　現実逃避するんじゃない！　レイフォン！」

――エドさん、あとでゆっくり読んでください。

シ「ま、とはいってもニーナも恋愛は不器用だな。泳ぐことに一所懸命で自分のこともわかってない、不器用な回遊魚ってわけさ」

――で、このタイプにモテるにはどうしたらいいんでしょう？

シ「そうだな。やっぱり強さかな」

――エドさんには絶対無理ですね。

エ「おまえやっぱりさっきからおれのこと馬鹿にしてるだろう！」

シ「確かにレイフォンの強さは尋常じゃないけどな。強いってのは戦闘力だけの話じゃないぜ？」

――と、いうと？

シ「エドにもチャンスありってことさ」

エ「本当ですか!?」
シ「ああ。隊長は真っ直ぐな性格だから、真っ直ぐな強い意志に弱いはずさ。そこでだ、エド」
エ「はい！」
シ「試しに隊長に武芸を教われ」
エ「ええ？」
シ「武芸に対する真剣な想いを打ち明けて稽古をつけてもらえばニーナの気を引くこと間違いなし。しかも訓練中はずっといっしょ。一石二鳥だろ？　わかったか？　よし、じゃ早速実行だ！　行け！」
――がんばってくださいね、エドさん！　って行っちゃいましたけど、エドさんって一般教養科ですよね。そもそもエドさんに武芸に対する真剣な思いなんてないだろうし。そんなのがいきなり小隊長に武芸を教わりに行ったらただの冷やかし……あ、今エドさんがニーナさんに……一応稽古はつけてもらってるみたいだけど、あれは稽古というより……。う、うわぁ～～～。

――次にメイシェン・トリンデンさんについて分析していただけますか？
シ「おれはメイシェンみたいな子が一番恋愛に向いてるんじゃないかと思ってる。恋愛する小動物タイプ」
――確かに美人というよりは可愛いって

感じですよね。

シ「他の連中にくらべて知名度は落ちるけど、美少女なのは間違いない。気が弱そうでお菓子作りが趣味で、保護欲をそそられるから隠れたファンは結構いるはずだ。あれくらいの歳ならああいう甘ったるい恋愛にあこがれるもんさ」

——あれくらいの歳って、シャーニッドさんもあんまり年齢変わりませんよね？

シ「ツェルニじゃあもういい歳だよ。メイシェンは男性恐怖症っぽいところがあるが、レイフォンには特別に気を許してる。まめに弁当を作ってあげたり、それなりにアプローチもしてるみたいだし。ま、相手が最強の鈍感男じゃいつ恋愛に発展するかわからないけどな。で、この小動物タイプの恋愛傾向なんだけど。エド？」

エ「…………」

——エドさん、ちょっとの間にカラフルで起伏に富んだ顔つきになりましたねぇ。エドさーん。放心して帰ってきませんね。

シ「じゃ、ちょっと活を入れてやるか。メイシェンは地味なイメージがあるけど、女性っぽいところはしっかり成長してる。これ養殖湖に行ったときの水着姿な」

エ（『レギオス』9巻を読んで）「ムフー！」

——あ、復活した。にしても水着姿の女の子に囲まれて頭に汗がかけるなんて、器用ですね、レイフォン。

シ「基本はヘタレだからな」

エ「水着の女の子に囲まれてのぼせただ

とぉぉぉぉぉ！　羨ましすぎる、レイフォン！」

——だからあとで読んでくださいって。

シ「で、メイシェンの好みのタイプだけど、頼りになる男だな」

——レイフォンとの出会いも確か喧嘩に巻き込まれそうになったのを助けられたんですよね。

シ「そこでだ、エド！　頼れる男になろうぜ！」

エ「はい！」

——頑張ってくださいね！

※　※　※

エ「よ、よう！」
メイシェン「きゃっ」
——ああ、彼女は男性恐怖症の気があるんでしたね。
エ「えぇっと、その。なんかおれに頼ることないか？」
ミィフィ（以下ミ）「どうしたの？　エドがそんなこと言うなんて珍しいじゃん」
エ「そんなことないぜ！　おれはツェルニでもっとも頼れる男さ！」
ミ「本当かな〜？」
エ「本当も本当！」
ミ「本当？　ちょうどメイっちが作るケーキの材料が足りなかったんだ。ちょっと多いけど買い出しに行ってくれる？」
エ「お、おう！」
ミ「やったぁ！　さすが頼れる男！」
エ「おう！」
ミ「週刊ルックンのバックナンバーの整

理もやろうとしてたんだけど、手伝ってくれる？」

エ「お？」

――エドさん？

ミ「さすが頼れる男！」

エ「おう！」

――ちょ、エドさん！

ミ「じゃ、まず買い出しね！　よろしく！　次に何頼むか帰ってくるまでに考えとくね～。よ！　頼れる男！」

エ「おーう！」

――エドさん、それはパシリっていうのでは……。

エ「や、やっと解放された。人使いの荒い女だった」

――しかも目的のメイシェンさんじゃなくてミィフィさんに使われたという。

エ「うっ」

シ「言うの忘れてたけど、メイシェンみたいなのには、必ずそばに頼れる友達がいるから気をつけてって、もう遅いか」

エ「シャーニッド先輩～」

シ「まあまあ、次のフェリは横槍が入ることは絶対ないからさ」

――確かに単独行動が多そうですね。

シ「ちょっと見じゃ無表情で冷たい感じがするからな。人付き合いも上手いほうじゃないし」

——笑わないから歳をとっても美人のままでしょうけどね。

シ「でも笑わないわけじゃないぜ？　レイフォンのことになると表情もちょっとだけ豊かになる」

——で、彼女はどんなタイプですか？

シ「屈折したブラコンタイプだな」

——えー？　ミス・ツェルニにそんなこと言って大丈夫ですか？

エ「それにブラコンにも見えないし」

シ「一見な。でもな、反発しているところもあるみたいだが、生徒会長っつーカリアンの立場もちゃんと理解してる。実際すごい兄貴だろう？　頭のいいフェリが本当に兄貴のことが嫌いだったら、一緒に住んだりせずに出て行く方法を考えて実行してるはずさ」

——ではフェリさんの好きなタイプはどうなりますか？

シ「カリアンとレイフォンの共通点ってことになるな」

エ「共通点なんかなさそうですけど」

シ「それがあるんだよ。カリアンもレイフォンもツェルニを左右する重大な任務に就くことがあるだろう？」

——そうですね。カリアンさんは頭脳で、レイフォンは戦闘力でツェルニを守っている感はありますね。

エ「おれ重大な任務なんか持ってないですよ」

シ「早まんなって。フェリの好みは重大な任務を背負った男じゃない。その過程で悩む姿に惹かれてるのさ」

——つまり？

シ「苦悩する男がタイプってわけ。エド、おまえには誰にも負けない苦悩があるだろう？　それをフェリに聞いてもらえばどうなる？」

エ「苦悩？……そ、そうか！」

——エドさん、ファイト！

※　※　※

エ「フェリ先輩！」
フェリ「？」
エ「実はおれ、先輩に聞いてほしい悩みがあって」
フェリ「…………」
エ「おれ、おれ」
フェリ「…………」
エ「おれ、女の子にモテたいんです！」
フェリ「…………」
——そのとき、シャーニッドさんが言ったことが本当だったと思いました。フェリさんは無表情なんかじゃありません。とっても冷たい表情ができます！

エ「シャーニッド先輩、なんかおれを使って楽しんでませんか？」
シ「悲しいこと言うなよ。エドのために頑張ってアドバイスしてんのにさ」
——そうですよ。悪いのは体力なくて頼りがいのない、おまけにたいした苦悩もないエドさんですよ。

エ「…………」

シ「今までの女の子と相性が悪かったのはそうかもな。でも最後の娘はエドにぴったりだと思うぞ」

――へー、エドさんにぴったり？　残っているのはリーリンさんですよね？

シ「彼女の好みはヘタレだからな」

――詳しく解説お願いします。

シ「彼女は努力家世話焼き女房タイプ。レイフォンの本妻って言われてる」

――本妻ときましたか。

シ「実際、しっかり者で周りが良く見えてるし、4人の中では一番安定してる。料理も上手いし頭もいい。家庭的な愛嬌のある美人だし、人付き合いも上手い」

――すごい、ほぼ隙なしって感じですね。

エ「そんな完璧な人がなんでヘタレ好きなんですか？」

シ「その完璧さが努力によって作られているからさ。だからもうちょっと努力すればって気持ちが働いて、落ちこぼれのヘタレをほっとけないってわけ」

エ「な、なるほど」

シ「リーリンはレイフォンの幼なじみだろ？　当然、レイフォンの弱いところもたくさん見てるはずさ。それでも好きってことはそういうことだろう」

――レイフォンは恋愛に関しては超鈍感のヘタレですもんね。じゃ、本当にどうしようもない落ちこぼれでヘタレのエドさんにぴったりのタイプってことですね。

エ「そこまで言われたかないけど、チャンスだぜ！」

シ「もうひとついい情報があるぜ。レイフォンがテストで赤点をとったとき、彼女は親身になって勉強を教えたらしい」

エ「じゃあおれも赤点とって、彼女に勉強を教えてくれるようにお願いすれば！」

シ「ああ、優しいリーリンのことだから絶対断らないし、ふたりきりになる機会もできる」

エ「ありがとうございます！　シャーニッド先輩！　先輩を疑ったりしてすみませんでした！」

シ「いいって。それより頑張れよ」

エ「はい！」

――今度こそ上手くいくといいですね！

※　※　※

次にエドさんに会ったとき、彼は我々の「リーリンさんとの勉強会はどうでした？」との質問にただただ怯えるように首を振るばかり。はたして勉強会で何があったのか？　真相は闇の中です。

ともあれ、レイフォンがモテる理由はあれだけ個性的な女の子たち全員に対応できる万能性、とわかったところで、当初の目的は達せられたということで。シャーニッドさんの助言とエドさんの尊い犠牲に感謝して、このコーナーを終了させていただきます。ありがとうございました～。

スペシャル対談
雨木シュウスケ&深遊

重厚な筆致で
物語を綴る雨木氏と、
緻密なタッチで物語世界を
具象化させる深遊氏。
ふたりのやり取りを通して、
『レギオス』の裏側に迫る!

構成・文:前島賢

スレイヤーズと剣と魔法

――おふたりがそれぞれ、作家、イラストレーターを目指されたきっかけは？

雨木　『羅生門』（※1）の続きを書けという国語の宿題が出て、いろいろと物語を考えたのが小説を書き始めたきっかけですね。『スレイヤーズ』（※2）の巻末に、ファンタジア長編小説大賞の告知を見つけて「なるほど、小説家ってこういうふうになるんだ」と知って（笑）、高校2年生ぐらいから投稿を始めました。

深遊　最初から今みたいな作風だったんですか？

雨木　そうですね。「剣と魔法の世界」がテーマでした。

深遊　私も中学時代に『スレイヤーズ』を読んで、小説にイラストをつける仕事があると知ったのがきっかけなんです。

――深遊先生も「ザ・スニーカー」のイラストコンテスト（※3）に投稿されていたんですよね。

※1　『羅生門』
著：芥川龍之介。荒廃した京で、真人間の男が、生きるため強盗となるまでを描く。

※2　『スレイヤーズ』
著：神坂一、イラスト：あらいずみるい、ファンタジア文庫。トンデモ美少女魔導士リナ＝インバースの破天荒な活躍を描いた大ヒット・ファンタジー。本編は全15巻。短編集は現在も刊行中で、32冊を数える。

※3　イラストコンテスト
角川書店のライトノベル雑誌「ザ・スニーカー」のイラスト投稿コーナー。THORES柴本や宮城、山本ヤマトなどが、ここからデビュー。

深遊　『ラグナロク』（※4）や『トリニティ・ブラッド』（※5）が好きなスニーカーっ子でした。特にTHORES柴本さんの絵が大好きで、連載を読むために買った「ザ・スニ」でイラコンを目にしたのが、投稿を始めたきっかけです。

レギオス、始動――

――そうしてデビューされたおふたりが『鋼殻のレギオス』という作品で出会うわけですが……。

雨木　もともとは別のイラストレーターさんに挿絵を描いていただく予定だったんです。ただ、プロットが難航したせいでスケジュールが合わなくなってしまって。おかげで深遊さんにイラストを描いてもらえることになりました（笑）。

深遊　実は私も、別の作品のイラストを描かないかと言われてたんですが、諸般の事情でそれが出なくなりまして。こういうのもあるんだけど、と紹介されたのが『レギオス』で、

※4　『ラグナロク』　著：安井健太郎、イラスト：TASA、スニーカー文庫。戦士リロイと意志を持つ剣ラグナロクの活躍を描いた冒険ファンタジー。本編11巻、短編9巻が既刊。

※5　『トリニティ・ブラッド』　著：吉田直、イラスト：THORES柴本、スニーカー文庫。最終戦争後の世界で人類と吸血鬼の戦いを描く遠未来黙示録。著者の急逝により未完。本編6巻、短編6巻が刊行された。

むしろ「こっちが好み！　こっちやりたい！」と（笑）。

雨木　最初に読んだときはどうでした？

深遊　「早く続きを読みたい！」という感じでした。リーリンの手紙が届くシーンなんかは本当に夢中になって読んで。あと、移動する都市というのにやられました。「きっとここにはパイプがいっぱい（※6）あるに違いない！」と（笑）。

（一同爆笑）

深遊　すいません、パイプが好きなんで……（笑）。雨木さんの文章は、頭のなかにイメージがスッと浮かぶんですよ。

雨木　あんまり、ちゃんと描いてない気がするんですが？

深遊　自由度が高いので助かってます。NGをもらったことがほとんどないので、むしろこっちが「これでいいのかなぁ」と思うくらいで。

雨木　僕は書いているときは頭の中に絵が出てこないので、イラストでイメージが固まる感じです。制服のデザインなんかも完全に深遊さんにおまかせで。

※6　パイプがいっぱい
レギオスにはパイプがいっぱいだ！　中には液化セルニウムが流れているぞ！（深遊先生設定）

※7　ペン先をモチーフにしている
ツェルニの制服の襟は、学園都市らしくペン先がモチーフになっている。

深遊　ペン先をモチーフにしている（※7）とか、勝手に決めちゃいました。こちらでデザインした細部が、あとで文中に登場したりするととてもうれしいですね。

雨木　あるものはどんどん使わせてもらいます（笑）。

――最初にイラスト化されたのは誰でしょう？

深遊　ニーナです。制服も彼女に合わせてデザインしたんですが、まず「双鞭《そうべん》」ってなんだよ、とネットで検索するところからはじまって……（笑）。

雨木　『水滸伝《すいこでん》』（※8）で呼延灼《こえんしゃく》が持っている武器なんです。ヒロインが打撃武器を持ってる作品というと『撲殺天使《ぼくさつてんし》ドクロちゃん』（※9）ぐらいしかないので（笑）、いけるかなー、と。

深遊　そうなんですか！　じゃあもっと中華系のイメージにしたほうがよかったのかな？

雨木　そこまで中国を意識していたわけじゃないんですよ。「魔法」の代わりに中国武術から「剄」という言葉をいただ

※8　『水滸伝』
腐敗した政府に立ち向かうべく梁山泊に集った108人の英雄を描く中国の古典。呼延灼は軍を率い主人公たちと対立する将軍だが捕虜となって後、梁山泊の一員となる。最近では北方謙三が独自解釈で再構成した『水滸伝』（全19巻・集英社文庫）が人気。

※9　『撲殺天使ドクロちゃん』
著：おかゆまさき、イラスト：とりしも、電撃文庫。天使のドクロちゃんが主人公桜くんをトゲトゲバットで撲殺しては謎の呪文で甦らせる萌え萌えコメディ。既刊10巻。

いたりはしてますけど。

深遊　レイフォンも中華系の語感ですよね。

雨木　最初はレイトという名前でした。途中で「レイトはトイレに行った」という文章を書いて、こりゃ駄目だと（笑）。

深遊　レイフォンは、最初のころに出てきたキャラの中では一番苦労しました。なかなか性格をつかめなくて。あの性格はどこから出てきたんですか？

雨木　基本は「戦闘だけしか知らずに生きてきた人間」。ただ同じ系統の主人公に『フルメタル・パニック！』（※10）の相良宗介という大先輩がいるので（笑）、そこまではいかず、家庭的な面と武芸者としての面の両極端で、真ん中が存在しない人間として造形した感じです。

――登場人物の書き分けはどのように？

雨木　ニーナが行きすぎではあるけど、基本的な武芸者の考え方をする人間。レイフォンはそれを途中で止め、フェリは疑問を抱いている。恋愛面での経験はみんなゼロ、お子様レ

※10　『フルメタル・パニック！』
著：賀東招二、イラスト：四季童子、ファンタジア文庫。正体不明の敵に狙われた少女・千鳥かなめと、彼女を守るためにやってきたスゴ腕の傭兵・相良宗介の活躍を描く大ヒット学園軍事アクション。主人公の宗介は幼年期から紛争地帯で過ごしたため戦争のこと以外は何も知らないという設定で、平和な学園ではたびたび騒動を巻き起こす。既刊長編10巻、短編10巻。

ベル、超鈍感、耳年増（笑）、という感じに振り分けました。

深遊　ツェルニの人物は、あまり派手な外見にすると生活感がなくなってしまうので、表情で差別化しています。メイシエンは曖昧な表情が多く、レイフォンは大笑いはしない、とか。キャラごとに「このキャラは絶対にしない」という表情を決めて描いています。

雨木　逆に天剣授受者はすごく派手ですよね。

深遊　ゲームのキャラっぽく描いても違和感がないので、面白いです。シブいおっさんが好きなので、リンテンスなんかは特に楽しく描いてます。描きにくいのは……ダルシェナかな？　髪の毛のせいで他のキャラの3倍ぐらい時間がかかるんですよ。もー、終わんないー！（笑）

雨木　ダルシェナは唯一、僕が注文をつけたキャラですね。「髪はドリルにして！」と。武芸者って基本いいとこの子が多いんですが、ニーナがボーイッシュでフェリがロングで、と考えたとき、キンキラ系がいねーな、と思いまして（笑）。

――レギオスを形作ったものたち

――『レギオス』を書くにあたって、参考にされた作品などはありますか？

雨木　武術の描写としては、金庸《きんよう》の武侠《ぶきょう》小説（※11）なども参考にしていますが、それより香港映画のワイヤーアクションなんかが刺激になりますね。また『居眠《いねむ》り磐音《いわね》江戸双紙』（※12）などの時代小説は、生活感を描写する上で参考になります。レイフォンとハイアの決着シーン（※13）なんかは、じりじりと向かい合って一撃で決まる、という時代劇的活劇を意識していたんですが、そこを深遊さんがイラストでバッチリ決めてくれました。また都市対抗戦については、以前榊一郎（※14）先生たちと一緒にプレイした、サバイバルゲームの経験が生かされていると思います。

――巨大な汚染獣との戦いはどうでしょう？　ロボットアニメの影響などはありますか？

※11　武侠小説
歴史小説に武術や超常要素を加えた中国の伝統的娯楽小説。金庸はこのジャンルの第一人者で、代表作に『笑傲江湖』全7巻（徳間文庫）。

※12　『居眠り磐音江戸双紙』
著：佐伯泰英、双葉文庫。江戸中期を舞台に「居眠り剣法」を使う浪人青年・坂崎磐音の活躍を描く。既刊28巻。

※13　レイフォンとハイアの決着シーン

※14　榊一郎
ライトノベル作家。代表作に

雨木　最初はモビルスーツ的なロボットが好きだったんですが『ジャイアントロボ』（※15）の男の子が肩に乗って戦うというのにすごく惹かれました。巨大な存在と人間という対比は『レギオス』に流れているのかもしれません。また『ファイブスター物語（ＦＳＳ）』（※16）も好きで、常人離れした人間がどう戦うかという参考になりました。

深遊　雨木さんが好きだと聞いて『ＦＳＳ』は読みましたが、設定が難しいですね（笑）。ただデザインがすごく参考になるので『DESIGNS』は全部そろえてます。資料としてはほかに『工場萌え』とか『最終工場』（※17）なんかが好きです。

——世界設定についてはいかがでしょう？

雨木　『すちゃらか冒険隊』など、ソードワールドＲＰＧリプレイ（※18）の巻末資料の設定を読むのが大好きだったんです。その影響で、キャラクターだけじゃなく、彼らのいる世界を作ることに興味を抱いたんだと思います。深遊さんの

『スクラップド・プリンセス』、「神曲奏界ポリフォニカ」シリーズなど。
※15　『ジャイアントロボ』
『ジャイアントロボ　THE ANIMATION——地球が静止する日』。制作・バンダイビジュアル、アミューズビデオ、OVA全7話。ジャイアントロボを操る草間大作少年ほか、超常的な能力を持つエージェントたちが激しい戦いを繰り広げる。
※16　『ファイブスター物語』
永野護のマンガ。角川書店、既刊12巻。超絶的な身体能力を持つ騎士と、彼らの乗る巨大ロボット、モーターヘッドが活躍する。膨大な量の設定も特徴のひとつで、設定資料をまとめた『F.S.S.DESIGNS』なども刊行されている。

イラストがまた、それをうまく手助けしてくれて。

深遊　背景があって、シチュエーションやシーンがある絵の方が絵として魅力的だし、キャラクター単体でポンと描くよりその魅力を引き出してあげられると思うんです。

雨木　あの緻密さで、すべて手描きというのがまたすごい。

深遊　パソコンは全然だめなんですよ。全部手描きで、コンピューターは一切使ってないです。画材はコピックで、ハイライトにガッシュを使ったりしています。

雨木　深遊さんの原画はとても大きいんですよ。

深遊　今はますます大きくなって、F10（※19）というサイズで描いてます。今、アニメのサントラのジャケットを描いてるんですが、そっちは80センチぐらいあります（笑）。

――広がるレギオスの世界

――本編のほか、過去編となる『レジェンド・オブ・レギオ

※17　『工場萌え』『最終工場』　それぞれ工場をテーマにした書籍。前者は大山顕の解説と石井哲の写真からなるフォトエッセイ集で東京書籍刊。後者は廃墟写真で有名な小林伸一郎による写真集でマガジンハウス刊。

※18　リプレイ　テーブルトークRPGのプレイ風景を再現したもの。『すちゃらか冒険隊』はソードワールドRPGリプレイの第一弾。現在は「すちゃらか編」として富士見ドラゴンブックから刊行されている。著：山本弘、全3巻。

※19　F10　53・0×45・5センチ。

※20　集中線やマンガ記号は使わないようにしてます　マンガ記号を使わず震える様

ス』など、さまざまな派生作品が生まれていますが。

雨木　『レジェンド』は単行本ということもあり、人の死とか、本編ではぼかしている点も描写しています。

深遊　私の方は、マンガっぽくない方がいいと思って『レジェンド』はペン入れしないで描いています。

――深遊先生はマンガ版も描かれていますが、挿絵との描き分けは？

深遊　イラストは静止画、マンガは動画という区別ですね。イラストでは、集中線やマンガ記号は使わないようにしてます（※20）。表紙も動き出す瞬間、グッと筋肉が伸びたポーズで、動きを感じてもらおうと意識してます（※21）。逆にマンガはどう動かすかですね。イラストのノリで描いてしまうとお話が止まって見えてしまうので。マンガのニーナは原作よりだいぶおバカになっちゃいましたが（※22）（笑）。

雨木　最近は戦闘シーンを描くのも大変で、深遊さんのマンガを読むと楽しそうだなー、オレもこんなの描きてーと思い

を表現したイラストの例（2巻、53ページ）。「手が震える記号を入れるとマンガになっちゃうので、なんとか静止画で動いてるように見せようとしました」（深遊）

ます（笑）。

——新年からは、いよいよアニメの放送が始まりました。

雨木　戦闘シーンが一番楽しめました。プロローグのインビークー戦やスネ夫とジャイアンの戦い（※23）など（笑）。

深遊　今でもあまり現実感がないんですが……放送されているのを見たときは、すごく感動しました。

——レギオスの行方は？

——最後に『レギオス』の今後についてお聞かせください。

雨木　主人公のレイフォンという人間は、ずっと何も決めずにこれまでやって来ました。強いんだけど、人生の目的がないから弱いんだという扱いです。物語がクライマックスになるに従って目的を定める必要がでてくると思います。

深遊　逆に女性陣は強いですよね。ニーナの、力はないけどまっすぐで自分を曲げないところとか。短編ではいろんなヒ

※21　動きを感じてもらおうと意識してます　動きのあるポーズを目指した表紙。ちなみに雨木先生は7巻『ホワイト・オペラ』、深遊先生は8巻『ミキシング・ノート』の表紙がお気に入りだとか。

ロインの視点が描かれていますが、そのたびに感情移入してはレイフォンの鈍感さに腹を立ててました（笑）。と思ってたら、エド（※24）がそんな気持ちを代弁してくれて。

雨木　エドは「これオレじゃん」という感想を読者さんからいただいて「よし‼」と（笑）。いずれ再登場もあるかな？

――本書は本編12巻と同時発売になりますが、さらにその先の展開については？

雨木　もう1冊同時刊行で、ディックを主人公にした『聖戦のレギオス』が始まります。こっちはちょっとエロスも（笑）。

深遊　エロス⁉

雨木　強欲都市の話なんで、避けて通れないなあと（笑）。本編は13巻が短編集。14巻はグレンダンを舞台にいろいろと話が動くことになります。もしかすると天剣の顔ぶれが変わるかも。第2部は14巻か15巻でクライマックスとなる予定ですが、しばらく重い展開が続くと思います。軽いのが好きな人はぜひ『ドラゴンマガジン』を読んでください（笑）。

※22　原作よりだいぶおバカになっちゃいましたが
ちょっとおバカ？　なマンガ版ニーナ。

※23　スネ夫とジャイアンの戦い
ツェルニ入学初日に私闘を起こし、自主退学処分となったふたりのこと。

※24　エド
11巻「バンピー・ホット・ダッシュ」に登場するエド・ドロンのこと。レイフォンを「非モテの敵」と罵る姿に、全レギオス読者が泣いた。たぶん。

09年の雑誌連載分はとにかくラブコメとギャグでいきたいと思います。

深遊　どうか天剣ファンが喜ぶ展開もお願いします。シリアス中でも、ぷに絵（※25）を描いて読者の皆様のクッションになったら、と思います（笑）。

——本日はありがとうございました！

（2009年1月15日　富士見書房にて）

※25　ぷに絵　深遊先生もお気に入りのデフォルメ絵。191ページの注釈欄に掲載してあるものがそれ。曰く「余白があると描いてしまう」とのこと。編集部に原稿を送付する時のあて紙に落書きしたものが、「ドラゴンマガジン」に掲載されたこともあるとか。

PROFILE

雨木シュウスケ
Amagi Syusuke

小説家。2003年、第15回ファンタジア長編小説大賞佳作を受賞、『マテリアルナイト　少女は巨人と踊る』でデビュー。2006年からスタートした『鋼殻のレギオス』が高い支持を集める。同作の前世界譚『レジェンド・オブ・レギオス』で単行本デビュー。

深遊
Miyuu

イラストレーター。2005年『光降る精霊の森』(C★NOVELS FANTASIA)の挿絵でデビュー。主な担当作品に『円環少女』（角川スニーカー文庫）など。『鋼殻のレギオス』では、自らマンガも手がける。
公式サイト「TEA TIME」
http://www.k3.dion.ne.jp/~teezeit/

天剣授受者ラフ設定集

今後本編での活躍が期待される天剣授受者たちのラフ画を、雨木＆深遊両氏のコメントを添えて紹介！

Miyuu's comment

深遊「グレンダンのキャラクターには大体剣がモチーフとして入ってます。サヴァリスの場合は左胸の模様。ツェルニの曲線的に対して、グレンダンは直線的というイメージですね」

戦場に充実を求める戦闘狂

サヴァリス

リンテンス

レイフォンの鋼糸の師

Amagi & Miyuus' comment

深遊「グレンダンくせ毛組の筆頭ですね。原稿読んでこのヴィジュアルが即浮かんだので一切悩まずに決まりました。顔は怖いですが服装のややこしい天剣キャラの中で一番主線が少ないので描き手には大変優しいお方です」

雨木「実は一番性格が安定しなかったキャラです。最初の頃のセリフと最新刊のセリフでは微妙にイメージが違うかと。やさぐれてるのは変わらないのですが（笑）」

女王の代理で都市を運営

カナリス

Amagi &
Miyuu's comment

雨木「影武者な上に女王があんな性格なのでよく気の付く苦労性という設定はすぐできました」
深遊「陛下より若干タレ目で口元にホクロがあります。服は王宮の制服のようなものだと思います多分。下のスカートにはスリットが入っていてガーターベルトから暗器取り出したりするんだと思います多分」

デルボネ

天剣最年長、唯一の念威繰者

Amagi & Miyuus' comment

深遊「黒ゴスですね。フェリが白ゴス系なので、念威繰者つながりで。……そんな描写ありませんでしたっけ？」
雨木「念威を通す導体としてヒラヒラしたものに惹かれる、とか」
深遊「それだ！（笑）」

グレンダン最強の矛と盾

カウンティア&リヴァース

Amagi & Miyuus' comment

雨木「最初はリヴァースを大男に、カウンティアを小さくしようと思ってたんですが、ゴルネオとシャンテがいたのを思い出して逆にしました」

深遊「カウンティアの服のイメージはライダースジャケットです。本当はナイチチなんですが、シルエット的に寂しかったので、服で胸があるように見せてます」

ティグリス

いまだ現役の好々爺

Miyuu's comment

深遊「若いバージョンを描いてからだんだん老化させていきました。若かりしころのイケメンティグリスの絵もあります」

カルヴァーン

天剣授受者の調整役

Amagi & Miyuus' comment

雨木「『サリーちゃんのパパ』です（笑）」
深遊「髪は最初ツンっと立ってたんですが、立場的に天剣の中で中立というか、みんなを取り持つ柔和なところを曲線で表現してみました」

きっと某次元のように帽子のツバで照準を合わせるのです！…？
バーメリン
眼と唇黒いです。

口の悪い女ガンナー

バーメリン

Miyuu's comment

深遊「服装やアクセサリーには割と私の趣味が入ってます。『鎖』っていう単語が出てきた時点で『よっしゃあ！』と（笑）」

トロイアット

女好きの化錬剄使い

Amagi & Miyuus' comment

雨木「一番迷走しましたよね。イメージの取っ掛かりがないって言われて。いろいろやり取りしてる中で唯一覚えてるのが『トロイアットに胸毛はあるか否か』（笑）」
深遊「イタリア系だと思ってたんです。イタリア人＝胸毛（笑）。実際はアメリカンなイメージで描きました」

ルイメイ

都市をも壊す暴れん坊

Amagi & Miyuus' comment

深遊「色をつけたら『ギルティギア』のソルみたいになってしまいました」
雨木「僕的には『三国無双』の孟獲のイメージでした。でも、この絵でも全然動きますね」

小説

週刊ルックン特大号
あの人に聞こう! スペシャル×2

あの人に聞こう！　スペシャル×２

にょっほほ～（挨拶《あいさつ》）

はーい、というわけで週刊ルックン、マイアス戦勝利記念特大号ということでして、「あの人に聞こう！」もスペシャルに増ページしちゃいます。テンション高いっすよ～。

ではでは、今回はスペシャルなので複数の人に聞いちゃいました。みなさんからのリクエストが飛びきり多かった三人の方。いつもは取材拒否されちゃうあの人たちにがんばって聞いてきちゃいましたよ！

テーマは、題して「戦場の華」！

まずは一人目、「第五小隊の野性少女」シャンテ・ライテさんです。

どうも御無沙汰《ごぶさた》してます。

シャンテ「ウー（威嚇《いかく》されてます）」

ゴルネオ「おい」

付き添いとして第五小隊隊長ゴルネオ先輩もいらっしゃいます。

そうだ、これ、お土産《みやげ》です。

シャンテ「うむっ！」

お土産のクッキーを嬉しそうに頬張るシャンテ先輩。ゴルネオ先輩が渋い顔をしてます。

シャンテ先輩は、以前の取材で同室の女の子のクッキーを大変気に入っていただけたので今回も持って来たのですが、大成功のようです。シャンテファンのみなさん、餌付けのチャンスですよ！

それでですね、今回はシャンテ先輩のことを読者のみなさんに知ってもらおうという企画なんですが、先輩は森海都市《しんかいとし》エルパの出身なんですよね？

シャンテ「そうだ！」

森海都市といえば、バンアレン・デイの発祥《はっしょう》の地として有名ですね。

シャンテ「？」

ありゃ、ご存知ないですか？　今年はけっこう盛大にやったバンアレン・デイですよ。

シャンテ「そういえば、クラスのみんながたくさんお菓子をくれた」

そうなんですか～よかったですね。

シャンテ「うん！　でも、ゴルはなにもくれなかった」

ゴルネオ「……」（こめかみに手をやって、唸《うな》ってます）

（どうやら、シャンテ先輩はバンアレン・デイを理解してないようです）

シャンテ先輩とゴルネオ先輩は、付き合ってらっしゃるんですか？

ゴルネオ「……ただの腐《くさ》れ縁《えん》だ」

そうなんですか？　よく一緒にいるところを見ますので、もしかして～って思ったんですけど。

ゴルネオ「なつかれているんだから、仕方ないだろう」

ははぁ……えーと、それじゃあ話を変えてシャンテ先輩の故郷のエルパですけど、どんなところですか？

シャンテ「森がいっぱいあるぞ」

あ、はぁ……そりゃ、森の海っていうぐらいですから……

ゴルネオ「聞いても無駄だ。こいつは獣に育てられていた」

いや、噂《うわさ》には聞いてましたけど、本当なんですか？

ゴルネオ「信じられんが、本当だという話だ」

なんとも信じられない話ですけど、シャンテ先輩、ご両親はどんな方でした?
シャンテ「お父さんは強かったけどグータラだ。お母さんは優しくて狩りが上手だぞ」
わぁ……前情報なしで聞けばちょっと首傾《かし》げるだけなのに、摩訶不思議《まかふしぎ》。
シャンテ「だから、ゴルはもっとグータラになってもいいぞ」
ゴルネオ「なっ!」
うっわーラブラブですね。L・O・V・E!
ゴルネオ「おい、ちょっと待て!」
女の子にそんなこと言わせて、離れてない時点で男の負けなのです。それでは~、ありがとうございました!

なんだかたいした話にならなかったけど、一人目はこれにて終了!

さーて、次は二人目です。

第十小隊の突然の解散から第十七小隊へと移籍することとなった「黄金の薔薇《ばら》」ダルシェナ・シェ・マテルナさんです。

ご無沙汰してます。

ダルシェナ「ああ、確か、ナルキの友人だったな」

はい、幼なじみがお世話になってます！

ダルシェナ「ナルキは見所のある武芸者だ」

ありがとうございます。本人が聞けば、きっと喜びますよ。

ダルシェナ「それで、今日はなんの用だ？」

今日は、ダルシェナ先輩の知られざる私生活をお聞かせください。

ダルシェナ「おいおい、知られざるものなら、知らないままの方が華ではないか？」

知りたい人もたくさんいるんですよ。

ダルシェナ「知って楽しいものではないと思うが……」

まぁまぁ。ダルシェナ先輩のことをもっと知りたいって、リクエストがたくさん来てるんですよ。

それでは、質問に入らせていただきますね。

では、一つ目『先輩の一日を教えてください』

ダルシェナ「わたしの一日？　そんなものを知ってなにが面白いのか……」

まぁまぁ、そうおっしゃらず。

ダルシェナ「ふむ？　そうだな、まず朝起きると食事をしてから髪の手入れだな。見ての通りわたしの髪は長くて多いからな、手入れを怠《おこた》ると大変だ」

　きれいですもんね。その髪型はお手入れがとても大変だと思うんですけど。

ダルシェナ「ん？　たしかに大変だが、それはどちらかといえばキューティクルの話だな。わたしのこのロールはくせ毛の部分もあるから、むしろこの方が楽なんだ」

　ええ！　そうなんですか？

ダルシェナ「うむ。それから朝の自主練習をして、シャワーを浴び、髪を直してから学校に行く。授業の時間は省くぞ？」

　はい。

ダルシェナ「授業が終われば練武館に行き訓練だな。レイフォンの提示する訓練法もなかなか筋が通っていていいのだが、わたしはやはり旋剄《せんけい》を主体とした強化を図りたいから独自の訓練をすることの方が多いな」

　突撃！　ですね？

ダルシェナ「ああ、それが一番性に合ってる」

　まばゆい笑顔に魅了されてしまいそうです。変な質問ですけど、どうしてそんなに突撃が好きなんですか？　危ないじゃないですか。

ダルシェナ「そうだな、友人たちからもよく聞かれる。顔に傷がついたらどうするんだとか」

ええ、まったくです。

ダルシェナ「だが、わたしは武芸者だしな。顔に傷どころか、もしかしたらどこかで死ぬかもしれない」

そう言われちゃうと……

ダルシェナ「そうだな、こういうことはあまり言うべきではないと昔教えられた。ありがたみを一般人に押し付けるべきではない。黙ってこなし、それを必要だと感じてくれれば向こうもこちらを支えてくれる」

誰にですか？

ダルシェナ「父だ。厳格な人だが優しくもある」

では、突撃もお父さんの教えなんですか？

ダルシェナ「都市として奨励されている戦い方が騎士式のものだからな。槍は必須だった。父もそうだが、兄も達人だ。だが、わたしが槍を手にしたのはこちらに来てからだ」

どうして槍を？

ダルシェナ「四年生以上の者なら覚えている者もいるだろうが、入学時のわたしはそれほど優れた武芸者ではなかった。父にしてみても成長の遅いわたしを少し外に出してみようと、ここへの留学を決めたしな」

えー、そんなの信じられませんよ。先輩といえばきらびやかで、とても強いってイメージが。

ダルシェナ「それがな、わたしはここに来た時にはとても弱気な性格だったんだ。自分がそれほど強くないというのもわかっていたし、それにここへの留学は、父に見捨てられたためだと感じていたしな」

そんな、見捨てられたからって留学というのは。それにもしそうなら先輩のお父さんが信じられませんよ。

ダルシェナ「まぁ、そう怒らないでくれ。もしそうだったとしても、父の立場はとても複雑なんだ。わたしが弱いままでいるのは色々と問題になるぐらいにな」

うーん、難しいです。

それで、どうして槍を持つようになったんですか?

ダルシェナ「一年の最初の頃は練習相手として、わたしはとても便利に使われていた。勝ちグセを付けられる、技の練習にもちょうどいいとな。いわば引き立て役だ。さすがにそんな自分に嫌気がさしている時に、ある奴に言われたんだ。『どうせやられるんだから、思いっきり飛び込んじまえ』とな」

だ、大胆というか、無茶苦茶というか。

ダルシェナ「しかし、それがうまくいった。それから、わたしは何も考えずに飛び込むようになった。そうなってくるといままでの武器だと軟弱すぎる。別の物を探していて、ある奴がこの突撃槍を勧めてくれた」

へぇ、いい人に出会えたんですね。

ダルシェナ「そうだな。あの二人に出会わなければ、わたしは早々にツェルニを去っていたかもしれない」

そうならなくてよかったって、先輩のファンの人たちは思ってますよ。

ダルシェナ「そうかな？　だったら嬉しいんだが」

もしかして、その二人っていうのはシャーニッド先輩とディン先輩ですか？

ダルシェナ「む……ああ、まぁ、そうだな」

じゃあ、先輩にとってお二人は特別な人？

ダルシェナ「む……」

もしかして、シャーニッド先輩の方が大切だったりし……

ダルシェナ「冗談ではない！　どうしてあいつなんだ！　そもそもな、あいつは昔っからお調子者で要領ばかりよくてな、さぼることばかり考えているような奴なんだ。そのくせ対戦成績はきっちり及第点をとって、ずるい奴だとずっと思ってたんだ。ああ、いま思い出しても腹が立つ！　そもそも、あいつが一番わたしを利用していたんだぞ？　あんなことを言ったのだってあいつに三連敗した後だぞ。三連敗だぞ、三連敗！　あいつは自分の成績をきっちり確保してからそんなことを言ったんだ！」

あ、ちょっと、落ち付いてください。

ダルシェナ「これが落ち付いていられるか！　いいか、わたしは絶対にあいつを許さない！　だいたいあいつは（以下削除）」

な、なんだか混沌《こんとん》としてきたので、ここまで〜。

†

「うーん」

ミィフィは自分が書いた原稿を眺めて唸った。午前中の授業を利用して書き上げたもので、まだ清書の段階ではない。というよりも実は締め切り前のことなので、これから推敲《すいこう》を重ねないといけないし、いやさそもそも……

「どうかしたのか？」

机で唸っているとナルキが上から覗《のぞ》いてきた。

「いや、昨日のインタビューをまとめていたんだけどね～」

「あ～、ダルシェナ先輩、えらく興奮してたな」

インタビューをしたのは練武館にある一室で、その日は運良く第五小隊と第十七小隊が集団演習に参加していなかったのだ。

ナルキの手には大きな弁当の包みがある。メイシェンの作ってくれた三人分の昼食だ。幼なじみの後ろに控えたメイシェンは、三人分しかないことに少し寂しげだ。

レイフォンは、グレンダンからやってきた幼なじみが働いている弁当屋に買いに行っている。心配なのだろう。それを考えて不安になるメイシェンの気持ちもわかる。

わかるが、とりあえずはこの原稿だ。

「なかなかエキサイトしてるみたいだな」

机を合わせ、昼食を食べながらナルキがざっと原稿を読んだ感想がそれだ。

「あの先輩、もうちょっと冷静な人だと思ったんだけどね。それこそお姉さまって感じで」

「いや、そんな人があんな突撃ばっかりするわけないと思うが」

「そこはそれ、高貴な者の義務とか、さらっと言ってくれるかと思ったんだけど。いやぁ、意外に熱い人だった」

それどころか、ちょっと恋愛方面で突っ込んだ質問しただけであのざまだ。

ミィフィとしては鼻で笑ってあしらって欲しかった。そうすればもっと別の質問もできたし……ていうか、先輩の一日も最後まで聞けなかったし。まぁ、男性連中からの質問だと「異性の好みは？」は聞けたとしても、「お風呂ではどこから洗いますか？」は聞けないだろう。ミィフィだって答えない。むしろこんな質問を寄こしてきたのは誰だ？　地獄《じごく》に堕《お》ちろ。

しかし、女性陣からは圧倒的な人気を誇っているし、寄せられた質問も女性からのものがものすごく多い。できればそちらはある程度消化したかったのだけど。

まぁ、取り乱して怒り狂ったダルシェナ先輩もこれはこれでレアな絵だよね。写真がインタビュー前の澄《す》ましたものだけだから、けっこうギャップがありそうだけど。

「シャンテ先輩、お菓子気に入ってくれたんだ」

原稿を読んだメイシェンが、表情をほころばせた。

「あの人はあの人でまともに聞けなかったけどねぇ。ゴルネオ先輩がいてくれなかったらどうなってたことか……」

しかし、おかげで面白いオチが付いたと思う。

これはこれでオーケーだとは思う。ルックンはまじめな雑誌ではなくて、どちらかといえばスキャンダルを扱う雑誌だ。こういうドタバタ感でも編集長は認めてくれるだろうとは思う。

「それで、あと一人は誰なんだ？　三人なんだろ」

「それよー」

ミィフィはダハーとのけぞった。

「フェリ先輩で交渉してたんだけど、あの人どうしてもオーケーしてくれないのよねぇ」

「ああ、あの人は無理じゃないか？」

「でも、去年はミスコンにも出たんでしょ？　意外にいけるかもって思ったんだけどなー」

「そっちの方が意外だな。誰かにはめられたんじゃないのか？」

「やっぱ、そっちかなぁ。あの人、意外に巻き込まれやすいタイプみたいだしねぇ」

ツェルニのミスコンで上位に入れば、演劇系サークルや音楽系サークルに声をかけられて、そのまま俳優や歌手デビューなんてのもある。サークルとはいえ大手になれば会社登記しているものもあるし、場合によってはそのデータが都市外にまで売り出される可能性があるのだ。だが、フェリはミス・ツェルニになってもそれらのものに参加した様子はまるでない。本当に、なにかに巻き込まれてミスコンに出たのかもしれない。

しかし、だとすればフェリへのインタビューはやはり無理ということになる。

「だとしたら、どうするかなぁ。ニーナ先輩かなぁ」

「女性じゃないとだめなのか？」

「うーん、テーマが戦場の華だし。これ、編集長からの指示なんだよねぇ」

実は、ニーナにはすでに断られている。しかし、それは忙しさが理由だったので、こちらがさらに頼めばなんとか受けてくれるかもしれない。困っている人間を見捨てられない人でもあるし、そこを突けば……

だが、ニーナはお硬いイメージがあって男性人気がいまいちなのだ。女性人気は高いが、それでもダルシェナには劣る。なんとなくキャラが被っていて三人の中には入れたくないという気もある。

「小隊員の女性武芸者じゃないとだめなんだよな？」

「なのよ。こう言っちゃなんだけど、実力あっての華ってね。そうだ、ナルキはどう？」

ナルキだって小隊員だ。レイフォンほど派手なイメージはないが、一年生で武芸者という稀有な存在だし、注目もされている。

「ごめんだな」

一言で断られてしまった。

「まぁ、わたしもナッキのインタビューはやりづらいからねぇ」

それはそれで編集者失格のような気がしないでもないけれど……

「ねぇ、誰かいないかな？　面白い履歴《りれき》の人」

「ん？」

「こうなったら、ちょっとウケ狙いみたいな感じの人がいいな」

シャンテやダルシェナがあんな感じになったのだ。どうせなら全面はっちゃけた感じがいい。それを考えるとフェリだといまいちそんな感じが出ない気もする。

……フェリ先輩のインタビューを載せるだけで売り上げが一割は確実に上がりそうな気がするが、どうせできないのだから、やっぱりここは割り切るしかない。

「面白い、ねぇ。いや、あたしよりお前の方が詳しいだろう？　あたしは小隊に入って日が浅いし、他の隊の人と交流なんかないぞ」

と、そこまで言って、ナルキが固まった。

「……いや、一人いたな」

「え？」

「いや、しかしあの人はどうなんだろう。うーん……」

「なになに？　面白い人なの？　まぁいいや、とりあえずその人にアタックしちゃお、アタック！」

そんな感じで、決まった。

ナルキの案内で三人が向かったのは四年生校舎だった。

「ところで、その人はナッキの知り合いなの？」

「いや、一度都市警察の仕事を手伝ってくれただけだ。顔を合わせたくらいでまともに話したことはない」

「そんなんですぐにこっちの話を聞いてくれるかな？」

メイシェンが首を傾げた。もちろん、コネがなくてもミィフィは誰か教えてくれれば直接出向くつもりだった。しかし、ナルキはなんとかなるだろうと答える。

「まぁ、なんとかできそうな人がいるし、その人に頼んでみる」

ナルキのその言葉で、ミィフィたちは黙って彼女の後に従った。

「お？　珍しい連中がいるな」

「よかった、いてくれた」

教室から顔を出したシャーニッドに、ナルキが安堵の溜息を零した。

「お？　なにその態度？　おれだって時には真面目に教室にいるぜ」

軽い笑いを浮かべながらの言葉には、信頼度というものがまるでない。

「実は、お願いがあってきたんですが」

「へぇ、本気で珍しいな。なんだ?」

「ネルア・オーランドさんを紹介して欲しいんですけど」

「げっ」

ナルキの口から出た名前にシャーニッドがのけぞる。

ミィフィはすぐに自分の記憶からネルア・オーランドという女性を掘り出した。

確か、第十一小隊の隊員だ。四年生で、外見はたしか、大人しめだった気がする。どちらかというと年下に見られそうな容姿だったような。

シャンテとダルシェナ、二人に他の人が寄せるイメージとしてはシャンテが『飼《か》いたい(可愛がりたい)』でダルシェナが『憧《あこが》れのお姉さま』だ。どちらも男性人気よりは女性人気が高い。対してネルアの容姿は男性受けする幼い感じだ。

(お、いいバランスかも)

あまりに地味ですぐに候補として思い出せなかった。うまくすればフェリに求めていたイメージが『幼げ』という点で被るかもしれない。代役としては満点だ。やり方しだいでは彼女の人気にルックンが火付け役になれるかもしれない。

「先輩、お願いします」

困り顔のシャーニッドに、ミィフィも頭を下げた。

「勘弁《かんべん》してくれよ」

だが、意外にもシャーニッドは乗り気ではなかった。

しかし、後輩二人に頼まれてシャーニッドも嫌とは言えなかったのか、ふしょうぶしょうという感じで頷《うなず》いてくれた。

「貸し一つだかんな」

そう言ったシャーニッドと共に、一つ上の階に——

「いらっしゃいませ！　シャーニッド様‼」

——上がったとたんに、甲高い声が出迎えてくれた。

そこにいたのは間違ったメイドさんだった。いや、たぶんメイドさんだと思う。ただ、ピンク色だし、フリフリだし、スカートになんだかきわどいスリットがあったりするけれど、メイドさんだと思う。

……メイドさんってなんだろう？　ミィフィは、なぜか哲学的な気分になった。

「……なんで、いらっしゃいませなんだ？」

シャーニッドがこめかみを押さえて尋ねた。

「だって、ジェイミスさんにシャーニッド様がお気に召す衣裳って依頼したら、これができたんですのよ？」

そう言って、ネルア……だと思う人はスカートを少しだけ持ち上げた。スリットが開き、太ももにあるストッキングの凝った意匠がはっきりと見える。

なんだか、誘ってるっぽい。

「可愛い色で可愛いデザインで、それでいてセクシー。とても気に入りました」

ネルアが笑い、シャーニッドが頭を抱える。

「できたばかりですの。すぐにでもシャーニッド様にお見せしようと思って着替えたら、そちらからいらっしゃったので、これはもうシャーニッド様がネルアの艶姿《あですがた》をご覧になるためだと思って」

「なんで、今日できたもんをおれが知ってるんだ？」

「愛の力ですの」

しれっとそんなことを言う。

そこで、ミィフィは周りの反応に気付いた。

普通だ。

廊下に出てきた全員がまずその姿にぎょっとするのだが、それを着ているのがネルアで、すぐ側にシャーニッドがいることを確認したら、後はもう無関心になるか、かすかな溜息《ためいき》を零《こぼ》して去るかのどちらかに分かれる。

(ああ、日常なんだ。これが……)

納得してしまった。

シャーニッドが嫌がった理由もよく理解できた。

(でも、面白くない?)

まぁ、他人事だからこそだろうけど。

感想はとりあえず置くとして、ミィフィはシャーニッドの背中を押した。

「あ、ああ……、それでだな、ネルア。今日は頼みがあって来たんだよ」

「まぁ、シャーニッド様がネルアに? うれしい!」

喜んで跳ねる人を初めて見ました。

「それでそれで、なんですか? ネルアはシャーニッド様のためなら、な〜んだってしますのよ」

そのまま腕に絡み付くネルアに、シャーニッドは顔を引きつらせる。

「この子がさ、後輩なんだけど、お前にインタビューしたいって言ってるんだ」

「まぁ、この人たちが?」

その時になって、ネルアと目が合った。

ミィフィは自己紹介して頭を下げたが、その時に彼女の目が微《かす》かな動揺を浮かべたのを見逃さない。

(たぶんこの人、初めてわたしたちに気付いた)

間違いない。いままでシャーニッドしか見えてなかったのだ。

(ある意味すごいわね)

「ええ、ええ、かまいませんわ」

了承してくれたネルアに放課後の約束を取り付け、ミィフィたちはそそくさと退散した。

「それではシャーニッド様、存分にネルアの艶姿を愛《め》であそばせ」

「あ、ああ」

頷きながら、シャーニッドの目が一瞬、ナルキを見た。ナルキが引きつる、こうなることを少しだけ予想していた顔だ。

なにを言ったのか、ミィフィにもわかる。

「この借りはでかいぞ」

そう言ったに違いない。

そして放課後。

ミィフィは昨日もいた練武館の個室で待っていた。

あれから編集部でもう一度リクエストを調べてみたが、やはりネルアの名前は一つもなかった。

(そりゃそうか)

あそこまであからさまにシャーニッド一途な行動をしていたら、男性連中は彼女への興味を失ってしまうに違いない。アイドルの発掘という意味では、ミィフィの狙いはあっさりと崩壊してしまったということになる。

(でもま、試しにつついてみたいこともできたけど)

そっちでうまくいけば、それはそれで面白いことになりそうだ。

そんなことを考えているとネルアがやってきた。

普通に、武芸科の制服で彼女は現れた。

なんだか、お昼に会った時とは違ってとてもローテンションだ。制服を着た彼女はどこか地味で、ミィフィが最初に彼女を記憶した通りでもある。

「あのー、写真も撮るんですが、それでよろしいんですか?」

「ええ、かまいませんことよ」

どこか傲慢《ごうまん》な口調でネルアはそう言った。

「あの服はシャーニッド様のためだけに用意したのですから。他の下賤な男たちのためには着ませんわ」

（うわー、はっきり言ったよ）

地味なイメージしかなかった理由がわかった。彼女は自分の女性としての魅力を、シャーニッドにしか見せる気がないのだ。他の男の視線なんて眼中にはないから外見的努力をそこそこにしか行わない。

ここまで極端にやれる人は、さすがにそうはいないだろう。

しかし、感心したからといってもこのままでは紙面的にまずい。カメラを構えたまま、ミィフィは試しに言ってみた。

「でも、先輩を紹介してくれましたから、シャーニッド先輩にも掲載号《けいさいごう》はお渡ししますよ？」

「あら？」

それからは一転して満面の笑みを浮かべてくれた。別の服を用意しようとまで言ってくれたが、さすがにそれはやんわりと断った。

一通り写真を撮って、インタビューに入る。

†

では、先輩の出身都市の話をお願いします。シャーニッド様が望むのでしたら、都市を捨てる決心はありましてよ」

ネルア「出身はイストラニルアですわ。でも、シャーニッド様が望むのでしたら、都市を捨てる決心はありましてよ」

はぁ、えーでは、前回のマイアス戦ですが戦った感触はどうでしたでしょうか？　ツェルニとしては譲れない勝利だったわけですが、手応えとしてこの勝利は次に続くと思いますか？

ネルア「さあ？　そんなことはどうでもいいですわ。ネルアはただ、シャーニッド様の雄《ゆう》姿《し》を間近で見ることができればそれでいいのですから。ああ、できれば潜入部隊に入りたかった」

はぁ、本当にシャーニッド先輩がお好きなんですね。

ネルア「ええ？　もちろんですわ」

できれば、どうして好きになったのかお教えいただければ。

ネルア「あれ以上運命的な出会いはありませんでしたわ。ご存知でしょうが、ネルアは弓を使いますの。シャーニッド様と同じ遠距離射撃が得意なのです。

あれは、一年生のみでの集団訓練の時でしたわ。シャーニッド様とネルアは敵同士。お互い、殺到で姿を消して味方を援護していましたわ。その頃、ネルアはシャーニッド様のことを侮っていました。授業態度は不真面目で、チャラチャラとしていて、ネルアの嫌いなタイプの人でした。

そういうわけで避けてましたから、集団戦で初めてシャーニッド様と戦ったのです。ネルアは驚きました。最初はやっぱりという様子のいい加減な射撃だったのですけれど、ある時突然、それが正確無比なものになったのです」

シャーニッド先輩が本気を出したんですね。

ネルア「ええ。その時はとても戸惑いました。味方の指揮官がそれに驚いて、ネルアにシャーニッド様を狙うように言ってきたのです。でも、お互いに殺到《さっけい》をしながらの射撃ですもの、なかなか見つけられません。

そして、逆にネルアの方が先に見つけられてしまったのです」

おおっ！

ネルア「でも、ネルアも一瞬遅れてシャーニッド様を見つけられたのです。でもそれは、シャーニッド様の視線を感じたからですわ。ネルアはすぐにそちらに向かって構え、そして見たんです」

なにをですか？

ネルア「目ですわ。シャーニッド様の目。本当は相当離れてましたから、目のことなんて詳しくわかるはずがないのですが、見えてしまったんです。

ああっ！　あの真剣に標的を見据《みす》えたあの目！　銃弾なんかよりもはるかに鋭くて情熱的なあの目を見てから、ネルアの心はシャーニッド様のものとなってしまいましたの」

うっとりしてらっしゃいますねぇ。

ネルア「ええ、運命の男性に出会ったのですもの。あの方のためならば、ネルアはなんでもいたしますわ」

ところで、シャーニッド先輩はダルシェナ先輩とかつては同じ小隊にいたという話ですが？　第十小隊が解散して、再びお二人は同じ小隊になりましたが、それに関してはなにか？

ネルア「ダルシェナ？　ああ、あのとろくさい女ですか」

と、とろくさいですか？

ネルア「ええ。一年の時は本当にとろかったのですよ？　それがシャーニッド様の助言で少しはできるようになりましたけど、それで突撃突撃となんとかの一つ覚え。まっすぐ走る以外になにかできないのかと思いますわ。思考のとろさは相変わらずですわね」

は、はぁ……

ネルア「しかもあの女は、なにを勘違《かんちが》いしたかそれからはシャーニッド様の周りをべたべたべたべたとハエのように飛び回って、鬱陶《うっとう》しいったらないですわね。まったく、シャーニッド様のお人が良いのにつけ込んで、気がしれませんわね」

バタン！

（いきなりドアが開いて、なんとダルシェナ先輩が現れましたよ！　波乱の予感！）

ダルシェナ「……なにを好き勝手言っている？」

ネルア「あら、ダルシェナさん。盗み聞きをしていらしたの？　ハエにふさわしくくせの悪いこと」

ダルシェナ「……こそこそと陰口を叩くのは、殺到のやり過ぎで人前に立てなくなったからか？」

ネルア「あら？　記憶力の方もとろいのかしら？　ネルアは何度もあなたに言ったはずですわよ？」

ダルシェナ「それならお前の耳の腐《くさ》り加減にもいい加減気付いてほしいものだ。わたしは何度も言ったぞ。あいつに異性を感じたことなど欠片《かけら》もない。持っていきたければ勝手に持って行けと」

ネルア「最初からあなたのことなど気にはしていませんわよ。ただシャーニッド様がご迷惑しているのに、どうして気付かないのかしらと思っているだけですわ」
ダルシェナ「迷惑しているのはこっちだ！」
ネルア「それなら、さっさと離れなさいな。まっすぐ走る以外の全てがとろくていけませんわね」
ダルシェナ「……いい加減、決着をつけなくてはいけないな」
ネルア「いいですけど、一年の時の繰り返しになるだけですわよ？」
ダルシェナ「やってから吠え面をかくなよ」
ネルア「まぁ、都市長の娘ともあろう者が下品すぎますわね。帰るまでに行儀作法をやり直されてはいかがです？」
ダルシェナ「表に出ろ！」
ネルア「いいですわ。昔を思い出して惨めに泣くといいですの」
あ、あのーちょっと……待ってくださーい。
あらー行っちゃった。
これからどうなるんでしょうね？　追いかけてみようとは思いますが、果たして追いつけるのかどうか……

ありゃ、ページが足りない。この結末は次号に持っていきたいと思います。

そういうわけで、三人目の方は『第十一小隊の恋は目隠しで暴走』ネルア・オーランドさんでした！

†

……と、いうのが前号のお話！

にょろっほ～（挨拶）

ルックン記者のミィフィです。

さてさて、今号はさらに大特集。前回はページの都合で紹介できなかったその後をみなさんにばばーんとお教えしちゃいます。といっても、さすがに武芸者同士の戦いを一般人のあたしが完全に追いかけるのは無理なので、おまけの映像ディスクの方でお楽しみください。超スローモーション撮影バージョンもありますので、一般の人でもがっちり楽しめますよ！

そして、解説には第十七小隊の期待のエース、鈍感王の名をほしいままにする男の敵、女の迷惑、同性の友達がいないランキング堂々一位！　レイフォン・アルセイフさんをお呼びしていまーす！

「なんでそんな紹介なの!?」

さて、場所は変わりまして野外グラウンドです。今日のスケジュールでは第十四小隊の人たちが使っていたはずなんですが、なぜかいません。嘘です。いたのですけど、お二人の迫力にグラウンドを明け渡してくれました。ありがとうございます。

シン「いやいや。だって、面白そうじゃん?」

おっと、紹介が遅れました。第十四小隊隊長、シン・カイハーンさんもお呼びしております。

シン「こいつもいるぜぇ」

シャーニッド「いや、おれはいいじゃないっすか、先輩」

シン「なに言ってんの。お前を取り合ってんだぜ? 青春っていいよなぁ」

シャーニッド「後が怖ぇ……」

シン「それもまた青春なり。おっ、始まるか?」

おお。動き始めたようです。グラウンドに入るなり姿を消したネルア先輩。こちらから確認できるのはダルシェナ先輩のみです。先輩は悠然と錬金鋼《ダイト》を復元。ですが、その闘志は素人のあたしから見ても漲《みなぎ》っていると思えますが、どうでしょう? 解説のレイフォンさん？

レイフォン「え？　僕？　あ、ああ、そうですね。すごい気迫だと思います」

遠距離射撃を得意とするネルア先輩と接近戦のダルシェナ先輩では、ダルシェナ先輩の方が不利に思えますが、そこのところはどうでしょう？

レイフォン「え、ええと……最初に距離を開けさせちゃったのはダルシェナ先輩のミスだと思います。でも、それでネルア先輩の勝ちが決まったわけでもないんじゃないかなぁ……と」

それは、なぜですか？

レイフォン「ネルア先輩は、弓だから」

？？　よくわかりません。

レイフォン「それは……ええと……シャーニッド先輩みたいな銃は攻撃で機械的な部分に頼るところが大きいから剄を最小限に発動させるだけでいいから、殺剄をするのに優れている武器です。射程も一定を保てます。その代わり、威力は使っている銃で上限が決まっちゃうけど」

ふむふむ。

レイフォン「それで、弓はその形状で剄を溜めて矢にするんです。弦を引く筋力で射程が決まるし、威力も一発ごとに変えたりもできます。矢を形作る段階で剄が剝《む》き出しになるし、弦を強くしすぎるとそこで活剄を使わないといけなくなるから、銃を使う人よりも早く殺剄が解けます」

早く察知されちゃうわけですね。

シャーニッド「ま、一瞬の差だけどな」

シン「しかし、その一瞬が勝負を決める場合もある。一瞬早いのなら、こちらもその一瞬早く動けるということだ」

なるほど。あっ！　ダルシェナ先輩消えました。おおっと！　爆発！　ネルア先輩の矢が放たれたようです。

シン「お、けっこういい反応するな。ダルシェナは、破壊力はすごいがどうも防御とか回避とかが弱いイメージあったんだよな。まじめに弱点克服してたんだな」

シャーニッド「レイフォンの鬼の基礎訓練のおかげだな」

シン「お、なに？　そんなことしてんの？　いいねぇ。その訓練法うちにも教えてくれよ」

シャーニッド「すんげぇ地味で、すんげぇきついっすよ」

シン「あ、地味かぁ。地味はだめだな。そんなこっちゃぁ、だめだ。がんばる姿をアピールしてこそ訓練ってもんだ。飛び散る汗で、おれたちは男をアピールしないとな」
シャーニッド「なに言ってんすか、男は黙ってスタイリッシュ！　これに決まってるじゃないっすか」
シン「お前は、そういうとこでしか見せ場がないからなぁ」
シャーニッド「つんな！　そういう言い方はないでしょう」
なにやら横ではおかしな発言が飛び交ってますが、なにはともあれお二人の勝負の行方です。なにげにもう、あたしにはなにがなんだかわかりません。ドコーン！　ズガーン！　シュバババババ！　としか表現できません。一体、なにがどうなってるんでしょう？　解説のレイフォンさん。
レイフォン「ええと、最初の一撃でネルア先輩の位置を掴《つか》んだダルシェナ先輩がそっちに向かっていきました。でも、ネルア先輩も巧みに殺到を使いこなして、位置を誤認させたりしてごまかしてます。でもやっぱり矢を引く瞬間がわかっちゃうから、命中にまではいってないです」
はい。棒読み説明ありがとうございます。
レイフォン「ひどっ！」
ていうかぶっちゃけ、どっちが有利だと思っていますか？

レイフォン「いまのところは互角です」
展開的に勝つのが難しいとかはないですか？
レイフォン「どっちも同じぐらいかな？　初撃の威力から見て、ネルア先輩の弓は強力だし、ダルシェナ先輩も破壊力では抜きんでてる人だから。先に一撃当てた方が勝つ流れになってると思うけど」
ほほう。じゃあ、どちらが勝つかまったくわからないと。
レイフォン「いまのところは」
そうなんだ～。
ところで、この人たち勝ったらなにかご褒美とかあるんでしょうか？　シャーニッド先輩？
シャーニッド「おれかよ」
当たり前じゃないですか。流れ的に二人の女性が先輩を取り合ってる図ですよ。
シン「なかなか悩ましい図じゃないか。この野郎」
シャーニッド「いたっ、マジいたっ！　禁止。頭ぐりぐりはマジ禁止っすよ」
シン「うーらやましーなー」
シャーニッド「ぜってぇ、嘘だ。ていうか先輩だってこの間、『ミリアン』で、った

――！」
シン「余計なことはしゃべるなよー」
シャーニッド「ういっす」
なかなか興味のそそられる会話がありましたが、そこら辺は後日調べたいと思います。
シン「調べんな」
それで、シャーニッド先輩。勝者へのご褒美《ほうび》は考えてますか。
シャーニッド「しゃーねーな。それじゃあ、おれの熱いべーゼを」
レイフォン「あ、ダルシェナ先輩の剄から勢いがなくなった。うわっ、代わりにネルア先輩がすごい。殺剄壊れた」
ネルア先輩の高笑いがここからでも聞こえてきます。ていうかすごい。ネルア先輩、立ってるだけで木々が薙《な》ぎ払われてます。あれはなんでしょう？　解説のレイフォンさん。
レイフォン「制御されないまま体外に漏れた剄が自動的に衝剄に変化してるんです」
あ、弓を構えました。一気に勝負に出るつもりです。さあ、ダルシェナ先輩。シャーニッド先輩のご褒美に不満の模様ですが、ここからどうするのか？
シン「あーあ、お前のせいであいつ負けるな」
シャーニッド「ていうかそもそもあいつがおれのご褒美喜ぶわけねー」

シン「そいつはどうかな？　あいつはお前の軽薄なところは嫌だろうが。それ以外は気に入ってるとみてるがね、おれは」
シャーニッド「なっ……」
シン「ここは一発、かっこいいとこ見せてみろよ。そもそも、お前がふらふらしてるのが問題なんだからよ」
シャーニッド「………」
シン「さあ、どうするよ？」
一体、どうなるのでしょうか。ネルア先輩の周りはすでに竜巻ができたような状態です。対してダルシェナ先輩は武器を下ろして無抵抗の様子。なにやら投げやり気味にも見えます。
さあ、どうなるどうするシャーニッド先輩!?
シャーニッド「んなこと急に言われてもよ」
さあ、ネルア先輩の弓はもはや限界にまで引き絞られている。
シャーニッド「しゃぁねえな」
いま、放たれた――!!
シャーニッド「おれ、シェーナのことが好きだぜ――!!」

ふっとんだーー！

シャーニッド「なんでだよ⁉」

シャーニッド先輩の愛は届かず！　無念。あまりにも無念の敗北。奇跡はどこにも存在しなかった。哀れシャーニッド先輩。哀れシャーニッド先輩！

シャーニッド「繰り返すなよ」

体を張ってその思いを拒否したダルシェナ先輩のお姿こそ、長く後世に語り継がれることでしょう。

それでは本日はこれまで、さよーならー。

シャーニッド「ほんとに終わるのかよ」

†

「ふう。お疲れ様でした。いやー、おかげでいい原稿書けそうです」

にこにこと頭を下げるミィフィの前には脱力したシャーニッド、事態に追いつけていないレイフォン、そしてにやにや笑いのシンがいた。

「いやいや、お役に立ててなによりだ。今度はうちの特集も組んでくれよ」

「はい、ぜひお願いします」

社交辞令を笑顔でやりとりしながら、ミィフィは手早く撮影機材をまとめていく。

「それではお疲れ様でした。お先に失礼しまーす。じゃあね、レイとん」

「あ、うん」

「さて、おれも帰るとするか。おい、そこのエース、ちょいと相談があるんだけどよ」

「へ？　え？　なんですか？」

「うちの隊員でお前のこと興味ある奴がいるんだよ。ちょっとお話とかしねぇ？　そしたらよ、おれもあいつの友達紹介してもらえる話になっててさ」

「へ？　え？　は？」

「まぁまぁ、詳しい話は帰りながらしようぜ」

そう言って、シンはレイフォンの肩に手を回し、強引に連れて行く。

シャーニッドだけが残された。

「そいつはよ。すげぇんだ。いや、おれは付き合ったことないんだけどよ。まじすごいらしいぜ。チャンスだよチャンス」

そのすごさはレイフォンにはきっと伝わらない。そんな助言をする気にもなれない。なぜなら奴は鈍感王。そしていまは、その鈍感ぶりがうらやましくもある。

鈍感でいられたら、あんなことは叫ばずにすんだはずだ。

観客席に座ったまま、シャーニッドはずるずると腰をずらした。

ただ、グラウンドの空に広がる青さを眺める。

「あー…………なにやってんだ、おれ？」

すさまじい脱力感と、虚しさがこみ上げてくる。

「…………本当に、貴様はなにをやってくれるんだ？」

視界に影が差した。

ダルシェナがいた。全身を砂埃《すなぼこり》と煤《すす》で汚して立っている。握りしめた突撃槍が彼女の表情そのままに怒りで震えていた。

そして隣には……

「シャーニッド様。ひどいです。あまりにもひどい仕打ちですの」

ネルアもいる。目に涙をいっぱいに溜めて、彼女もやはり震えていた。

「これは、わたしとこいつの私闘だ。それに、くだらん冷やかしを入れおって……」

「こんなにも、こんなにも思っているというのに、シャーニッド様は応えてくださらないのですのね。悲しいですの。この悲しみはどこに向ければいいのでしょうか？」

そう言いながら、どうしてネルアは、シャーニッドに向けて弓を構えているのだろうか？　そしてダルシェナは、どうして殺意混じりの目を向けているのだろうか？

『ここはやはり（やっぱり）』
二人の声が重なる。
「おい、ちょっと待った……」
言いながら、シャーニッドは立ち上がった。
『お前（あなた）に死んでもらうしかない（のですの）！』
剄が炸裂する。
シャーニッドの逃走劇は始まったばかりだ。

編集後記

　というわけで『オール・オブ・レギオスⅠ　鋼殻のレギオスワールドガイド』でした。いかがでしたか？　「学園都市ツェルニ・案内パンフレット」風にお送りしましたが、楽しんでいただけましたでしょうか。

　少なくとも制作サイドでは非常に楽しみながら作ってました。読めば読むほど物語の奥深さを実感し、もう毎日が発見の連続。その一部をここでご紹介しましょう。

「レイフォンって男のトモダチ少ないよね」「やっぱキリク×ハーレイですよ」「短編の影の主役はフォーメッド」「鶏が入るんだ」……だめだこいつら。あとエド君、スタッフ内では大人気。よかったね！　ほとんど男だけど！

　真面目な話、この『鋼殻のレギオス』という作品は、学園ものであると同時に数々の謎を秘めた重厚なファンタジー小説でもあります。少年少女の青春物語としても十分楽しめますが、物語の裏に隠された秘密が明らかになれば、さらに面白くなること間違いなし。次回はもっと、そのあたりを攻めていきたいと思っています。

次回。そう、これで終わりではないのです。

本書の発売から遅れること2か月、２００９年5月に『オール・オブ・レギオス』第2弾が刊行されます。

あっかるいノリでお送りした本書と異なり、こちらは『レギオス』の謎に正面から迫る、ディープでダークでデンジャラスな1冊になる予定。レギオスワールドの裏の裏までしゃぶりつくします。

今回はあえて紹介しなかった、あの娘とかあの人とかも大紹介！　本書を読んで「なぜ本妻がいない！」「陛下は！」「リンテンスのおじさまは！」とお嘆きの貴方&貴女、次回はきっと、皆さんの期待を裏切らない1冊となることでしょう。

というわけで次回『オール・オブ・レギオスⅡ　レギオスの秘密を覗いちゃうゾ☆（仮）』に——

レストレーション！

本書掲載の小説『月刊ルックン特大号　あの人に聞こう！　スペシャル×2』は、
ドラゴンマガジン　2008年7月号付録掲載の
『月刊ルックン特大号　あの人に聞こう！　スペシャル』を大幅に加筆修正したものです。

富士見ファンタジア文庫

オール・オブ・レギオスⅠ

鋼殻のレギオスワールドガイド

平成21年3月25日　初版発行

編者――ファンタジア文庫編集部

原作――雨木シュウスケ

発行者――山下直久

発行所――富士見書房
〒102-8144
東京都千代田区富士見1-12-14
http://www.fujimishobo.co.jp
電話　営業　03(3238)8702
　　　編集　03(3238)8585

印刷所――旭印刷

製本所――本間製本

ISBN978-4-8291-3383-5 C0193

大地の実りから見捨てられ、
異形の獣が闊歩する世界。
学園都市ツェルニの入学生
レイフォンは、いきなりツェルニの
自衛小隊に配属されることになる。
だが、彼には剣を持てない理由があった……。
いう世界で生きている
ギオス

ファンタジア文庫
戦いを捨てた少年が、
少女と出会い――奇跡を生む。
史上最強の学園アクション・ファンタジー!!
1～12（シリーズ以下続刊）絶賛発売中!
雨木シュウスケ
SYUSUKE AMAGI
イラスト：深遊
illustration : MIYUU
僕たちは、レギオス《自律型移動都市》と
鋼殻のレ

第15回出身
雨木シュウスケ　イラスト：深遊（鋼殻のレギオス）